CHRISTINE ZUPPINGER

SCHWALBENNESTER

Zwei ledige Bäuerinnen erzählen

Steidl Pocket

Vorworte

Der Urgroßvater, Kleidung, Haarkämmen. Ein Kalb bricht sich den Fuß, Zenzi steigt im Sommer in den Hofgrand, die alte Maximiliana führt die Schafe über die Waldwiesen. Gesammelte Alltäglichkeiten. In einem Zeitraum von zwei Jahren haben mir Maria und Zenzi aus ihrem Leben erzählt. Immer wieder überraschte mich ihre Art, eine Erzählung auf ganz unerwartete Weise abzuschließen.

Der dialektgefärbte Teil des Buches ging hervor aus Notizen von Gesprochenem, aus langem Zuhören auf der Bank in der Stube, im Türrahmen stehend, vor dem offenen Kleiderschrank, beim Blättern in Aufzeichnungen, alten Schulheften. Momentaufnahmen eines Lebens, Klangbilder aus dem Versuch heraus, die Sprachmelodie darin einzufangen, die ich im Ohr behielt. »Gedanken, gekittet wie Schwalbennester, damit sie einen Sinn ergeben«, hat Maria einmal gesagt.

Schöne Orte – möchte net her

Maria versteht nicht, warum ich von zu Hause fort bin.
Wo ich doch schon ins Moderne hineingeboren wurde.
Früher, sagt sie, sind die Menschen im Wald ein wenig
zurückgesetzt wordn, und die Amerikaner, die kommen
sind, haben dacht: das sind Wilde. Der Bayerische Wald is
sehr mit Sagen umwoben gwesn und es sind viele geistige
Leute da gwesn, Dichter, Priester, und die haben mit dem
Herrgott gesprochen: kein Hochwasser, keine Waldbrände.
Ein geschütztes Fleckchen Erde.

Brot

Zweimal im Monat backen Maria und Zenzi Brot. Eine
ganze Woche lang kneten sie den Teig und schieben die
Laibe in den Ofen. Sie haben ihre feste Kundschaft. Auf
einem Zettel mit Bleistift geschrieben stehen die Namen.
Maria ruft die Brotkunden morgens an, einige holt sie dabei
aus dem Schlaf, streicht die Namen der Reihe nach von
ihrer Liste und zählt die bestellten Brotlaibe zusammen.
Mittags kommen die ersten Kunden, den ganzen Nachmittag bis in den Abend ist die Stube voller Leute. Maria
legt das eingenommene Geld für das Brot in eine kleine
Blechbüchse und verwahrt es im Schrank.

Familiengeschichte

Solla liegt im Wolfsteiner Land, nordöstlich von Waldkirchen. Der Ort wird erstmals 1301 als »Solaech« urkundlich erwähnt. Die nahegelegene Stadt Waldkirchen war eine wichtige Station auf dem »Goldenen Steig«, jenem berühmten Säumerweg, der um die Mitte des 13. Jahrhunderts als wichtigste Handelsverbindung zwischen dem Alpenraum und Böhmen Bedeutung erlangte. Es war vor allem der gewinnbringende Salzhandel, der auf dem »Goldenen Steig« abgewickelt wurde und der Region des hinteren Bayernwaldes wirtschaftlichen Aufschwung brachte.

Im Jahr 1538 waren allein in der Pfarrei Waldkirchen 134 Salzhändler in 32 Orten ansässig. Das geht aus einem Säumerverzeichnis hervor, in dem auch erwähnt wird, dass in Solla vier Familien mit Salz gehandelt haben – obwohl das Dorf noch im 19. Jahrhundert gerade mal neun Häuser zählte. Eines dieser Häuser war der »Amaraßhof«, auf dem 1819 der Urgroßvater von Maria und Kreszenz, Andreas Raidl, geboren wurde. Nach dem Tod seines Vaters übernimmt er den Hof samt dazugehörigem Grund für eine Summe von 2400 Gulden von der Mutter. Nach und nach erweitert er den Besitz mit kluger Hand durch Zukauf mehrerer Parzellen, die zu einem bäuerlichen Anwesen im Dorf, dem Haus Nr. 4 gehören, bis er schließlich dessen alleiniger Eigentümer wird und den »Amaraßhof« verkauft. Das Haus Nr. 4, »Dammerlhof« genannt, wird so zum Familienbesitz der Raidls.

Der Urgroßvater ist ein frommer, in Glaubensdingen

sehr belesener Mann. An manchen Sonntagen kommen die Geistlichen aus Waldkirchen auf ihren Spaziergängen zu Besuch und philosophieren mit ihm über Glaubensfragen. Dabei schöpft er gern aus einem alten Buch, dessen Prophezeiungen er sehr ernst nimmt und die er deshalb auch an seine Kinder weitergibt. Der Ehe des Andreas Raidl und seiner Frau Katharina entstammen elf Kinder, vier Buben und sieben Mädchen, von denen vier ledig bleiben und mit dem Vater den Hof bewirtschaften. Der älteste Bruder wandert nach Amerika aus, wie das im 19. Jahrhundert so viele tun. Als der Urgroßvater knapp 88-jährig stirbt, bleiben die beiden jüngsten Töchter, Kreszenz und Maximiliana, als die letzten ledigen Eigentümerinnen des Familienbesitzes zurück. Dass ledige Geschwister zusammenwohnen, oft ihr Leben lang, ist zu dieser Zeit im bäuerlichen Bereich nichts Seltenes.

Kreszenz und Maximiliana sind damals jedoch nicht die einzigen Frauen, die noch zur Familie gehören. Eine Großnichte, Kreszenz Schinkinger, lebt und arbeitet seit geraumer Zeit auf dem Hof. Auch Johanna, das ledige Kind einer verstorbenen Schwester der Hofbesitzerinnen, wächst bei den Tanten auf. Sie bringt eine Tochter zur Welt, Katharina, die ihren Vater aber nie kennenlernt: er kehrt aus dem ersten Weltkrieg nicht zurück. Sein Bild hängt noch immer in der Stube. Es zeigt einen groß gewachsenen Mann in Uniform.

Johanna heiratet später den Johann Pauli aus Kanau, einem Nachbardorf. Johann und Johanna sind das letzte verheiratete Paar auf dem Hof. Einen Tag nach ihrer Eheschließung werden sie von den beiden Tanten Johannas als Hoferben eingesetzt.

So erscheinen am 3. Mai 1923 in der Amtskanzlei des Notars Adam Versch zu Waldkirchen die beiden unverheirateten Schwestern Maximiliana und Kreszenz Raidl sowie Johann Pauli nebst Ehefrau Johanna, die zu diesem Zeitpunkt 30 Jahre alt ist, zur Vertragsunterzeichnung. In den Vertrag ist auch besagte Kreszenz Schinkinger einbezogen, die inzwischen seit 16 Jahren auf dem Hof lebt, 31 Jahre alt ist und das Bleiberecht hat – gegen »Nahrung«, wie man das nennt, und als unentbehrliche Arbeitskraft.

Das Ehepaar Pauli übernimmt kein leichtes Erbe. Der Vertrag regelt die Höhe und die Modalitäten der Zahlung eines einmaligen Geldbetrages, des sog. unverzinslichen Zehrpfennigs, an die Hofübergeberinnen; dieser Zehrpfennig wird mit Rücksicht auf die galoppierende Inflation auf ca. 7 Mio. Mark geschätzt. Bei Zahlung soll er dem Wert zweier Ochsen entsprechen. Alles ist minuziös geregelt, die Anzahl der Kühe, Schafe und Hühner, die den ledigen Schwestern nach ihrer Wahl verbleiben sollen, ebenso wie die Anzahl der Federbetten. Darüber hinaus werden die Paulis dazu verpflichtet, Johannas Tanten binnen zweier Jahre nach der Übergabe ein Austragshaus, ein »Nahrungshäusl«, zu bauen. Alle Fuhren wie etwa das nötige Brennholz sind von den Hofübernehmern zu leisten. Vor allem für die sonntägliche Fahrt zur Kirche ist ein Wägelchen samt Pferd bereitzustellen. Die Eheleute Pauli verpflichten sich schließlich zu »Wart und Pflege« der Übergeberinnen im akuten Krankheitsfalle sowie zur Übernahme der Arzt- und Apothekenkosten. Sollten sie einmal nicht mehr imstande sein, ihre sonstigen häuslichen Aufgaben wie Waschen, Kochen usw. zu erfüllen, fallen auch diese in den Verantwortungsbereich der Übernehmer. Für eine standesgemäße Beisetzung soll gesorgt werden, jeweils drei Geistliche sind für das letzte Geleit vorgesehen – Klauseln, die von recht wohlhabenden Verhältnissen zeugen. Die einzige Ungewissheit für die jungen Eheleute in diesen wirtschaftlich unsicheren Zeiten ist die Frage, wie lange sie für den Austrag der Hofübergeberinnen aufzukommen haben würden.

Sämtliche Rechte gelten nach dem Ableben der Großtanten auch für Kreszenz Schinkinger. Sie erhält das alleinige Wohnrecht im Austragshaus sowie als Leibgedinge u.a. 6 Zentner Roggen, 15 Zentner Hafer, 1 Zentner Weizenmehl, 1 Zentner Weizengrieß und den fünften Teil des Obstertrages, ferner eine Kuh und ein Schaf. Sollte sie beim Tode der Raidl-Schwestern noch immer unverheiratet sein, bekommt sie eine der beiden Nahrungskühe, die zunächst den Schwestern zur Verfügung standen. Erst im Falle ihrer Heirat muss sie diese Kuh zurückgeben; dann erhält sie aber ohnehin eine »Brautkuh«. Außerdem dürfen die Paulis aus dem immerhin 1,6 Hektar großen Waldstück nicht einen einzigen Ast entnehmen. Die Raidl-Schwestern und auch Kreszenz Schinkinger können so viel Holz schlagen wie sie wollen.

Die eine der beiden Schwestern, Kreszenz Raidl, stirbt 1929 im Alter von 64 Jahren, sechs Jahre nach der Hofübergabe. Es ist das Jahr, in dem der jüngste Sohn der Eheleute Pauli, Andreas, zur Welt kommt. Er trägt den Namen des Urgroßvaters und hat bereits zwei Schwestern, Maria und Kreszenz, die heutigen Frauen vom Dammerlhof. Johann und Johanna haben reichen Kindersegen; Maria und Kreszenz bringen es auf vier Brüder, von denen einer allerdings im Alter von fünf Jahren gestorben ist. Hinzu kommt die

Stiefschwester Katharina, deren Vater nicht aus dem Krieg heimgekehrt und die etwa fünfzehn Jahre älter als Maria und Kreszenz ist. Die alte Maximiliana, die ihre Schwester Kreszenz überlebt, stirbt 81-jährig, als der Zweite Weltkrieg gerade zuende ist.

Johann Pauli wird aufgrund eines Asthmaleidens nicht eingezogen. Gleichwohl mochte er auf das Rauchen nicht verzichten, also verteilte er das Pulver, das seine Atembeschwerden lindern sollte, im Tabak der selbstgedrehten Zigaretten. So versprüht er beim Rauchen kleine Funken. Er bewirtschaftet den Hof zusammen mit den vier Frauen (Johanna Pauli, Maximiliana Raidl, Kreszenz Schinkinger und seiner Stieftochter Katharina) und einem französischen Kriegsgefangenen, der dem Hof zugeteilt worden ist.

Die beiden älteren Söhne sind in Russland. In dieser Zeit steht die Mutter oft stundenlang am Fenster und wartet auf die Heimkehr der Buben. Max kommt zurück, Hans gilt als vermisst. Johanna Pauli ist eine schweigsame Frau, die schlichtet, wenn es Streit gibt. Sie stirbt nur 50 Tage nach dem Tod von Maximiliana im Oktober 1945. Da ist Kreszenz 16 und Maria 19 Jahre alt. Fünf Jahre später geht auch ihr Vater.

Katharina, die Stiefschwester, und Kreszenz Schinkinger waren nach dem Tod des Vaters die beiden ältesten Personen auf dem Hof. Es ist naheliegend, dass die beiden Frauen zu einer Art Elternersatz für die jungen Leute werden. Die Schinkinger Kreszenz wird von allen »Dodei« (Patin) gerufen, weil sie die Pauli-Kinder zur Taufe getragen hatte und den Mädchen die Firmpatin machte. Sie ist eine sehr fromme und strenge Frau und achtet sorgsam darauf, dass die Kinder in der Kirche gerade sitzen, sich nicht nach anderen Leuten umdrehen oder miteinander flüstern und Unfug treiben. Meist trägt sie baumwollene Kleidung, einen halben Kittel und eine Jacke, darunter ein Leinenhemd. Um vier Uhr morgens steht sie auf, Tag für Tag, und weckt den ganzen Hof. Als jemand, der von draußen auf den Hof gekommen war, kennt sie ihre Rechte und Pflichten ganz genau und achtet entsprechend sehr auf ihren Status. In wichtigen Angelegenheiten hat sie sich ein umfassendes Mitspracherecht erworben, etwa wenn ein Baum gefällt oder eine Maschine angeschafft werden soll. Die Peitsche zum Ochsentreiben flocht sie sich selber. Am liebsten arbeitet sie im Wald und zeigt dabei großes Geschick im Umgang mit der Säge.

Katharina, Kathi genannt, trägt im Gegensatz zum »Dodei« vollständige Kleider, die sie von einer Näherin anfertigen lässt. Sie hält nämlich viel auf ihr Äußeres und legt großen Wert darauf, dass auch Maria und Kreszenz sich ordentlich kleiden. So manches Mal müssen sie sich vor dem Kirchgang noch einmal umziehen und die bereits angezogenen Sachen gegen »anständige« Kleidung austauschen. Als für Frauen die kurze Haarmode aufkam, hat Kathi nicht erlaubt, dass sich Maria und Kreszenz die Haare abschneiden. So verdanken die beiden ihr langes Haar, das sie bis heute in einem Knoten unter dem Kopftuch tragen, der strengen Stiefschwester. Diese sorgte auch anderweitig für die beiden Schwestern: Seit Einführung der Rente zahlte sie sofort einen gewissen Betrag ein, so dass Maria und Kreszenz neben den Einnahmen für die Pacht und dem Erlös aus dem Brotverkauf bis heute ein kleines regelmäßiges Einkommen haben.

Dem Bruder Max gefielen die Frauen. Zu sehr, wie man sich erzählt. Er gab Geld aus, ging Vergnügungen nach. Eines Nachts verließ er den Hof ohne ein Wort und kam nicht mehr zurück. Er ist ihm bis heute ferngeblieben.

Als das »Dodei« und Kathi gestorben waren, führten Maria und Kreszenz mit dem jüngsten Bruder zusammen den Familienhof. Der Andre blieb wie sie selbst unverheiratet. Er wird als ein überaus gutherziger, aber eher schweigsamer, zurückhaltender Mann beschrieben, der am liebsten in seinen Wald ging. Er trug immer ein kleines Messer mit sich, mit dem er Reiser abschnitt oder manchmal auch ein Wort in die Rinde eines Baumes schnitzte. Einen Baum zu fällen war für ihn keine einfache Sache. Das musste überlegt sein – und er überlegte sehr lange, bevor er sich dazu entschloss. Nach seinem Tod wurden die Tiere verkauft, der Stall steht leer. Maria und Kreszenz sind jetzt alleine auf dem Hof.

Die Begegnung mit Maria und Zenzi

Er wollte mir einfach nicht mehr aus dem Kopf gehen, der Zeitungsartikel über die zwei ledigen Schwestern, die letzten Bewirtschafterinnen dieses Hofes, der seit langem überwiegend von unverheirateten Frauen geführt worden war. Vielleicht war es anfangs ja auch die Tatsache, dass der Hof kaum 15 Kilometer von meinem Heimatort entfernt liegt, den ich vor mehr als 30 Jahren verlassen hatte. Dann aber fesselten mich immer mehr die Details in der Lebensführung der beiden Schwestern: etwa ihre Weigerung, Tiere zu schlachten, oder die Angewohnheit der einen, im Sommer allabendlich ein Bad im Hofgrand, diesem eiskalten Brunnen, zu nehmen, unbeeindruckt davon, was die Nachbarn im Dorf davon hielten.

Wer nach Solla will, muss die große Hauptstraße verlassen. Der Ort ist etwas abgelegen und nur auf einer schmalen gewundenen Nebenstraße zu erreichen. Inmitten von Bäumen stehen die wenigen Häuser vom alten Dorfkern auf einer kleinen Anhöhe, rundum Felder und Wiesen und der angrenzende Wald. Höfe links und rechts der Straße, Obstwiesen und umzäunte Gärten. Lila blühende Glyzinien fallen von einer Hauswand. Die kleine Kapelle schützen vier alte, große Bäume, vom Urgroßvater gepflanzt, die der Maria heilig sind.

Haus Nr. 10, Dammerlhof, besteht aus einem alten Getreidekasten mit großem Kruzifix, den gegenüberliegenden Hofgebäuden und dem Wohnhaus. Seine Giebelseite zeigt zur Straße hin, an den Fenstern Geranien; tagsüber dienen sie als Vorhänge. Efeu wächst auf der einen Hausseite bis unters Dach. Die Längsseite und eine Mauer zur Straße hin begrenzen den Hof. Über das große Holztor zum Ein- und Ausfahren von Fuhren wächst Wein.

In den Hof führt von der Straße aus eine kleine Tür mit einem Eisengriff. Die nächste Tür führt ins Wohnhaus. Ein paar Schritte weiter ist der Stall, dann der Stadel – alles unter einem gemeinsamen Dach. Am rauchgeschwärzten Backofen lehnen Schaufel und Holzrechen. Reisig schwimmt im alten steinernen Grand, den ein großer Holunder laubenartig überdacht. Der Hof ist uneben, zum Teil roher, erdiger Boden und Zement, zum Teil gepflastert; durch die Ritzen zwängt sich Unkraut. Maria und Zenzi kommen mir entgegen, zwei Frauen etwa Mitte siebzig, beide klein. Maria trägt ein Kopftuch, das hinten geknotet ist, und eine Schürze. Zenzi hat unter ihrem geblümten Trägerkleid eine Pluderhose an. Sie zupft die Bluse zurecht, blinzelt ein wenig und schaut mich kurz von der Seite an, ich folge beiden ins Haus. Hinter einem Vorhang im Flur ist Brennholz für den Herd gestapelt, auf dem im Winter gekocht wird und der die Stube wärmt. Er hat die Deckenbalken über die Jahre hin schwarz werden lassen. Auch der Boden ist bis auf die kleine gekachelte Fläche um die Feuerstelle aus Holz. Die geräumige Stube war der gemeinsame Wohnraum für alle Hausgenossen, als der Hof noch mehr Bewohner hatte. Eine Kammer – auch für kranke Familienmitglieder bestimmt – und ein Küchenraum gehen davon ab. Zwischen den beiden Türen ein kleines bemaltes Schränkchen, darüber Geweihe, eine alte Kastenuhr. Auf der Holzbank hinter dem Herd liegen gehäkelte Decken, eine Strickjacke – der Platz für die Katzen. Daneben eine Schwinge voll mit Brennholz. Das Büffet ziert ein Bild des Urgroßvaters in Uniform, von Maria gemalt, so wie sie ihn sich vorgestellt hat. Der große Tisch mit der Brotlade ist an zwei Seiten von einer Holzbank eingefasst. An den weißgekalkten Wänden hängen Bilder: Aquarelle, Bleistiftzeichnungen, Reproduktionen nach Albrecht Dürer, Porträts, Fotografien. Ein Aquarell in der Ecke zeigt das Dorf Solla im Winter. Der Blick aus der Stube geht hinaus auf den Gemüsegarten, den Gekreuzigten an der Straße, den Wald. In der Stube stehend habe ich den Eindruck, als würden drinnen und draußen zusammengehören.

Maria stellt Teller auf den Tisch. Sie haben unterschiedliche Größe, weiß oder mit kleinen Blumen, über Jahre in Gebrauch. Sie legt Messer und kleine Löffel daneben, holt Tassen aus dem Schrank. Wir trinken zusammen Kaffee, auf einem Holzteller Geselchtes, Brot, ein Stück Butter, daneben im Glas hausgemachte Marmelade und Honig. Maria bringt aus der Vorratskammer eine Flasche Wein, ich halte ihr mein Glas hin, Zenzi markiert mit den Fingern die Menge.

Mit ruhigen Worten erzählt Maria von der Geschichte des Hofes und den Menschen, die über Generationen auf ihm lebten und arbeiteten. Manchmal schiebt sie beim Sprechen die Zunge zwischen die Lippen und schaut von einer zur anderen. Wenn sie sich besinnt, dann immer nur für eine kleine Weile. Sie hält beim Reden inne, sieht den beiden Katzen zu, die vor dem Anmachholz schlafen, und lässt den Blick über die Fotografien der Verstorbenen wandern, bevor sie in wohlüberlegten Worten deren Lebenswege nachzeichnet. Für einen Moment hat es den Anschein, als könne die »Madonna mit dem offenen Ohr«, die über dem Tisch hängt, zuhören. Nach dem Krieg wurden die Heiligenfiguren oft gestohlen; deshalb ist die Madonna jetzt in der Küche und nicht mehr draußen am Straßenrand, immer zu Füßen des Christus. Wenn im Haus »ein Kreuz« gewesen ist, ein Unglück, wurde sie von allen angerufen.

Zenzi dreht und wirbelt mit wenigen Gesten Marias Worte immer wieder herum, als wolle sie ihre Schwester unterstreichend begleiten. Dabei schaut sie mich die ganze Zeit mit unverhohlener Neugierde an: ihr Blick herausfordernd, das eine oder andere Mal fragend. Manchmal umschließt sie den Kopf mit beiden Händen.

HOFANSICHTEN

Auf den Dachboden

Der Flur im alten Hofgebäude mit dem Brennholz in der eingelassenen Maueröffnung. Früher war hier einmal die alte Kesselküche, vom Stubenofen aus wurde geheizt und das Wasser erwärmt für die Tiere. Der Vorhang davor, ein Verschönerungselement. Er ist zu kurz, als ob er eingelaufen oder ein Rest verarbeitet worden ist. Die Wände gerollt, nicht tapeziert. Zierliches Blattwerk, der Abschluss eine Borte aus Rosen.

Vom Flur aus geht die Treppe zum Dachboden, von einem Holzgriff geleitet. Rohes Mauerwerk neben Trennwänden aus Holz, Bretterböden und ein Stück Boden aus selbstgebrannten Ziegeln. Hinter einer Tür mit grünen Glasfenstern stehen die alten Spinnräder – eine schweigsame, eingestaubte Belegschaft. Durch die Dachziegel fällt das Licht auf die eingeschnitzten Namen ihrer Benutzerinnen im Kreuz. »Kathi spinn«, steht auf einem Leckglas, das Maria in einem Schrank aufbewahrt hat. Efeu wächst durch die Holzritzen über eine Wiege, ein Kinderwagen mit hohen Rädern im Eck. Er rollte mit allen Kindern über den Hof. Daneben eine Schafwollhachel. Große Nägel sind in die Holzbalken geschlagen, an diesen Nägeln ein alter Hut, eine Regenjacke und andere Kleidungsstücke; ein großer Schöpflöffel, Schnüre. Am Nagel befestigt das Wäscheseil. Im Sommer trocknet die Wäsche schnell. Zenzi nimmt sie von der Leine und legt sie in einen großen Weidenkorb. Beim Ziehen der Bettücher lässt sie die Zipfel fallen vor Lachen.

Das Musikzimmer

Gegenüber von der alten Küche im Austragshaus gibt es ein Zimmer, das Maria und Zenzi verschlossen halten. Sie holen den Schlüssel, der in einer Schublade neben der Taschenlampe liegt, und öffnen die Türe. An der Wand hängt das alte Spielbild: ein Christusschrein auf blauem Grund. Man kann es aufziehen, es spielt die Melodie eines Passionslieds. Am Schrank lehnen zwei Gitarren, ein Harmonium daneben, ein altes Erbstück. Auf dem Tisch eine Zither, schwarzes Holz mit feinen Intarsien aus Perlmutt. Zenzi, dick angezogen, setzt sich und beginnt darauf zu spielen. Maria greift zur Gitarre, einen Fuß stützt sie am Stuhl ab und singt zu Zenzis Melodie. Im Duo sind sie aufgetreten, zu Festlichkeiten haben sie aufgespielt. So manches Mal haben sie den Roller benutzt, um in abgelegenere Orte zu kommen, auch wenn sie tanzen gingen. Begehrte Tänzerinnen sind sie gewesen.

Maria steht da, das Instrument in der Hand. Manchmal, sagt sie, beim Heuen, hat sie sich dies oder jenes vorgestellt – Tagträume, aus denen die Schwester Kathi sie zurückgeholt hat. Sie zeigt auf einen Jesus hinter Glas – böhmische Stickerei und Wachs, Heiratsgut für die Kathi: »Gott ist die Liebe, sieh hier deine Mutter, sieh hier deinen Sohn«, steht darunter.

Der Kleiderschrank

Aus einer Schubkarre nimmt Zenzi Holz und schichtet es auf. Sie hat dazu Wollhandschuhe an, damit sie sich keinen Schiefer einzieht. Zur Arbeit tragen Maria und Zenzi Schürzen, Blusen, Tücher, alte Pullover, die ihren Platz in der Kommode im Austragshaus haben. Im großen Kleiderschrank hängt die Ausgehtracht: blau geblümter Brokat, hellblau die Schürze, die weiße Bluse mit Spitzen an den Ärmeln; gemustertes Leinen, einfarbig das Oberteil. Ein anderes aus braunem Samt, mit Schößchen, in der Schürze überwiegt Gold. Auf einfarbigem Grund Blumen, große Punkte und Tupfen. Schalkrägen, mit Druckknopf verschließbare Gürtel. Leichte Sommerkleider, manche zum Saum hin leicht geschwungen, so dass der Stoff beim Gehen die Beine umspielt. Zum Kirchgang oder zu Festlichkeiten sind beide gleich gekleidet. Die Kleider sind von einer Art, dass keine auch noch so unverhoffte Bewegung etwas anderes zeigt als Stoff. Ein weiter Ausschnitt rutscht höher, wird durch ein Band zu einer Krause zusammengezogen, als Schmuck nur ihre kräftigen Haarknoten, im feinen Netz gehalten.

Maria hängt die Kleider neben der Schubkarre im Hof zum Lüften auf. Zenzi nimmt die beladene Schubkarre an den beiden Holzgriffen und rollt damit zum Backofen.

Das Zimmer vom Dodei

Das Zimmer liegt im ersten Stock vom Austragshaus neben den Schlafstuben von Maria und Zenzi. Vom einen Fenster aus geht der Blick auf den Hof, von dem anderen zur Straße hinaus, auf den Traidkasten, hin zu der Obstwiese. Zwischen den Kirschbäumen ist das Holz für den Winter aufgeschichtet.

Die Möbel sind die Aussteuer vom Dodei, feine Schreinerarbeit, im Jugendstil gehalten. Ein Ehebett mit kleinen Maßen, zwei Nachtkästchen, neben der Tür ein Wandschrank, darüber eine große Fotografie vom Onkel. Ein Büffet links vom Fenster. In einem Unterschrank Bettwäsche, Tischtücher, Leinen, sauber aufeinandergelegt.

Dodei stärkte die Wäsche und bügelte sie so lange, bis keine Falte mehr zu sehen war. Zusammengelegt und immer wieder glattgestrichen kam sie in die Regale. Im Aufsatz sind Glastüren eingelassen, dahinter steht gutes Porzellan: geometrische Muster in Grau, orangene Punkte. Zierliche Vasen, mit feinem Pinsel aufgetragene Vergissmeinnicht. Dodei benutzte es manchmal, wenn Besuch kam, trug Teller und Tassen danach wieder in den Austrag und stellte sie sorgfältig in den Schrank zurück. Oben auf dem Schrank ein Spielzeugschaf auf Rädern; Kathi bekam es 1920 zu Weihnachten. Eine Gipsminiatur der Pietà steht neben einer alten Kirchenschrift in lateinischer Sprache, oft geweiht, ein Heiligtum. Das Zimmer hat Dodei nicht bewohnt. Sie schlief im Erdgeschoss, in der kleinen Kammer neben der Küche.

Das Spinnrad

Eine Peitsche, Geweihe, ein rotes Album mit Filmbildern liegen versammelt in einer Schublade in der alten Kommode. Der Bruder, der gefallen ist, hat von den Salem-Zigaretten vom Vater die Bilder gesammelt: Willi Forst, Maurice Chevalier, Clark Gable.

Die Peitsche ist auch vom Vater, Maria und Zenzi haben keine Schläge damit gekriegt. Und die Geweihe, die sind auch vom Vater, der Vater war ein Jäger, aber nach dem Heiraten nicht mehr. Die Spinnräder – Maria hat Diphtherie gehabt, nicht mehr laufen können. Da hat die Kathi sie immer ans Spinnrad gesetzt und fest treten lassen. Durch das Spinnen hat die Maria wieder gehen gelernt.

Die Stuben der anderen

Bevor die Woche mit dem täglichen Brotbacken wieder beginnt, sitze ich mit Maria und Zenzi am Abend zusammen. Ich will wissen, warum sie sich noch diese schwere Arbeit antun; sie könnten doch ein Stück Land verkaufen. Maria schüttelt den Kopf. Viele hier vom Dorf hätten verkauft, das Werk ihrer Vorfahren. Jetzt sitzen sie in ihren neuen Stuben herum und langweilen sich. Zu uns kommen die Leute und kaufen das Brot. Das Schöne am Brotteig ist doch, dass er ein Leben hat: er muss ruhn und dann geht er auf.

Die Zenzi

Als Kind hielt sie sich immer bei den Großen auf, schaute bei der Arbeit zu, wenn eine Kuh kalbte, die Tiere auf die Weide kamen, rannte hinter dem Pflug her, stand hoch oben auf dem Heuwagen. Früh lernte sie mit der Sense umzugehen und mit den Maschinen, den Bulldog lenkte sie mit einer Leidenschaft, die sie in den Augen anderer manchmal in Gefahr brachte. Im Sommer sah man Zenzi mit dem Roller herumfahren, mit wehendem Rock nahm sie die Kurven. Bei meinem Besuch erlebte ich sie genauso aktiv und geschäftig.

Sie mäht das Gras in großem Bogen, spaltet mit der Axt das Holz und schichtet es sorgfältig auf. Im Herbst holt sie die Äpfel und Birnen von den Bäumen der Obstwiese und bringt sie in den Vorratskeller; sie steht auf einer hohen Leiter, streckt sich auf den Zehenspitzen weit nach oben, um die Trauben über dem Hoftor zu erreichen. Am Grand steht ein großer schwarzer Topf, aus dem sie die gekochten Kartoffeln herausnimmt und für die Hühner schält. Mit einem gurrenden Laut lockt sie frühmorgens die Tiere zum Füttern an. Kurz aufeinanderfolgende Rufe versammeln die vielen Katzen um die gefüllten Teller im Flur. Aufmerksam beobachtet sie das unruhige Treiben vor den Futternäpfen; ohne dabei ein Tier aus den Augen zu verlieren, wendet sie sich abwechselnd den Hühnern und den Katzen zu. Dabei streckt sie beide Hände vom Körper weg und eilt mit tänzelndem Gang über den Hof. Mit jedem einzelnen Tier spricht die Zenzi, das macht sie auch mit Gegenständen, wenn der Roller nicht anspringt oder das Auto.

Zenzi redet über die schwere Arbeit der vergangenen Jahre, über die Leute im Dorf, erzählt von den Brüdern und darüber, dass sie durchaus ihre Verehrer gehabt hat. In ihrem Nachtkästchen verwahrt sie Lippenstifte, Puder, Parfüm. Feine Schuhe trägt sie zum Kirchgang. Wenn Zenzi auf der Zither spielt, hält sie die Augen leicht geschlossen. Oft steht sie ganz früh am Morgen in der Bauernstube, ohne Schuhe, in wollenen Socken und macht die »Fünf Tibeter«. Die Anzahl der Umdrehungen genau festgelegt, wirbelt sie im Kreis, wechselt die Richtung; manchmal wird ihr dabei schwindelig. Die Leute aus der Umgebung schätzen die Zenzi, kommen zu ihr und holen medizinische Ratschläge ein, bei Schmerzen, Kreislaufbeschwerden, Schnupfen. »Leg die Nasen hin zu der Flaschen«, hat sie oft zu jemandem gesagt, der über Atembeschwerden klagte. Zenzi mag es, wenn Leute zu Besuch kommen. Mit ihrer Schlagfertigkeit bringt sie andere zum Lachen, hört genau zu und wartet auf den rechten Augenblick, um ihre Spitzen abzufeuern. Manchmal äußert Zenzi den Wunsch, ein Geschenk zu bekommen, in ganz unverblümter Art. Sie sagt dann unmissverständlich, dass ihr der Pullover gefällt, den das Gegenüber trägt oder der Lippenstift.

Im Sommer steigt die Zenzi zur Abhärtung in den Grand und legt sich danach gleich ins Bett. Auf dem kleinen Tisch daneben liegen Gesundheitsbücher. Sie blättert in den Heilvorschriften, liest in den alten Rezepten. Für die Haare bereitet sie einen Sud aus Walnussblättern, Brennesselwurzeln und Olivenöl. Die Haare werden dann wieder so weich wie in der Kindheit.

Die Maria

Zum Zeichnen versteckte sich Maria immer auf dem Dachboden. Da war sie ein kleines Mädchen. Später schmückte sie Schulaufsätze mit ihren Bildern aus, malte eine wildernde Hauskatze, einen Buben, der einen Vogel auf dem Kopf trug, aber auch feine Damen mit Stöckelschuhen in ihr Heft. Ähnliche Schuhe trägt Maria heute nur zum Kirchgang und bei festlichen Anlässen. Auf dem Hof hat sie Gummischlepfen an und Wollsocken. Mit ruhigem Gang, den sie müde nennt, verrichtet sie ihre tägliche Arbeit, trägt in einer großen Schwinge Holz zum Ofen, öffnet die Eisenringe auf dem Herd, bläst in die Glut und gibt dem Feuer Zug. Manchmal, wenn sie etwas sucht, kramt sie in der Kammer im Schrank, ordnet die Wäsche und dreht dann den Schlüssel wieder herum. Sie hat alle Möbel restauriert, die auf dem Hof sind. Manchmal hat sie auch Aufträge angenommen. Dann brachte man Schränke zu ihr, denen sie nach alten Vorbildern ihr ursprüngliches Aussehen wiedergab. Manche Möbel versah sie auch mit größeren Bildmotiven, die sie sich ausdachte; ein Büffet hat sie zweimal übermalt, weil die Motive sie mit der Zeit langweilten. Um etwas Neues zu lernen, besuchte sie einen Porträtkurs – dort war sie die älteste Teilnehmerin. Ihre feinen Bleistiftkopien von Dürerzeichnungen und ein Porträt vom Zwillingsbruder, von ihr gezeichnet, fanden ihren Platz neben den Fotografien in der Stube.

Maria ist mit ihren Ahnen verbunden. Sie freut sich auf ein Wiedersehen, hat sie mir erzählt. So kann sie, aus dieser

Gewissheit, alles Irdische gelassen nehmen. Wenn sie die Bibel zur Hand nimmt, liest sie nur wenige Sätze auf einmal, um über das Gelesene nachdenken zu können. Nur so vermag sie den Worten einen Sinn zu entnehmen, an dem sie sich orientieren kann.

Der Urgroßvater ist Maria ein Vorbild. Klug und voraussehend soll er den Hof geführt haben. Heute lenkt sie die Geschäfte, prüft Verträge, Urkunden und Aufzeichnungen, kümmert sich um alles, was den Hof betrifft. Hier kann man ihr nichts vormachen, auch sonst lässt sie sich nicht so leicht in die Karten schauen. Den Menschen, denen sie in ihrem Leben begegnet ist, hat sie immer ein gesundes Misstrauen entgegengebracht. Diese Zurückhaltung und Distanz hat sie sich auch den Nachbarn aus dem Dorf gegenüber bewahrt; Kunden, die allwöchentlich den Hof aufsuchen, um Brot zu kaufen, ebenso wie all jenen gegenüber, die von außerhalb kommen. Dabei behandelt sie alle Menschen freundlich, immer gemäß ihrem Ziel, ins Paradies zu kommen. Sie weiß, dass es die jenseitige Seligkeit nicht umsonst gibt, dass man dafür auf Erden etwas tun muss.

Die Erfahrungen, die über Generationen gesammelt und weitergegeben wurden, sind ein Besitz, den Maria als Quelle ihres Tuns und Handelns betrachtet. Ein altes Wasserrecht, das zum Hof gehört, lässt sie sich nicht streitig machen. Da steigt sie schon mal ins Auto und fährt bis nach Landshut, ins Archiv, um sich das beweiskräftige Dokument heraussuchen zu lassen. Als man sie bei der Flurbereinigung um die besten Flächen bringen wollte, hat sie sich juristisch informiert und das Baugrundstück am Dorfeingang gerettet.

Sorgfältig bewahrt sie alles auf, was sie mit den Vorfahren verbindet. Alte Gebrauchs- und andere Gegenstände wandern vom Dachboden in den Wohnbereich zurück: die alte Kastenuhr oder das Spielbild, das sie als Kind auf dem Speicher entdeckt und an dem sie heimlich gedreht hatte. Auch eine hölzerne Griffelschachtel vom Onkel, mit fein eingeschnitzten Namenszügen versehen. Maria hat sie zusammen mit ihrem Schulranzen in einem Schränkchen aufbewahrt. An den Ecken des zerschlissenen Leders sind Flecken eingesetzt und mit großen Stichen aufgenäht, im Inneren des Ranzens haben dünn gebundene Rechenbücher und auch jene Hefte, die Maria mit ihren Zeichnungen verschönert hat, überdauert. Die Vorfahren holt Maria immer wieder in die Gegenwart herein, verbindet Fotografien und Gegenstände mit Geschichten über sie. Die Erzählungen sind mit den Jahren gereift und würzig wie ein Stück Geselchtes, das im Rauchfang hängt. Das irdische Dasein ist für die Menschen nur ein Zwischenspiel, denn davon, dass wir alle nur auf der Durchreise sind, ist Maria felsenfest überzeugt. Aber noch muss sie viel vergeben, viel verzeihen, um sich die Seligkeit zu verdienen.

Täglich Brot

Vier Uhr früh. Maria und Zenzi gehen vom Austragshaus über den Hof. Zenzi hat sich warm angezogen, mit einem Rollkragenpullover unter dem Trägerkleid schützt sie sich

vor der morgendlichen Kälte. In dem Backofen liegt schon das Holz geschichtet, Maria verstopft die Luftschächte mit feuchten Tüchern und zündet die Scheiter an. Bald ist sie von Rauch eingehüllt.

Auf den gekachelten Boden der Backstube fällt blaues Licht. Der Morgen bricht an. Maria und Zenzi werden gleich mit dem Brotbacken beginnen. Der hölzerne Trog mit seinen abgebröckelten Kanten zeugt von der Anstrengung, mit der sich die Menschen über ihn beugten, um den Teig zu kneten. Da steht er wie ein Schiff, das durch Generationen hindurchglitt, und nimmt beinahe den ganzen Raum der Backstube ein.

Maria und Zenzi verrichten ihre Arbeit schweigend. Zum Natursauerteig vom letzten Backtag schütten sie das Mehl aus schweren Säcken in den Trog, dazu Wasser, Gewürze. Bis zu den Armen im Teig wird geknetet und gewalkt, immer im selben Rhythmus und ohne zu reden.

Maria geht in die Küche, kocht Kaffee, sieht nach dem Backofen, verteilt mit einem Stab die Glut. Wenn der Teig erneut gut durchgeknetet wurde und geruht hat, kugeln sie die Laibe heraus und legen sie in die geflochtenen Körbe.

Die Tür vom gemauerten Backofen im Hof ist bereits geöffnet. Maria beobachtet aufmerksam die Glut. Zenzi trägt die gefüllten Körbe herbei, einen nach dem anderen, dreißig an der Zahl, und platziert sie der Reihe nach auf dem gepflasterten Boden. Nur in Socken, damit sie in ihrem flinken Hin- und Herlaufen nicht behindert wird, überquert sie die Türschwelle vom Flur in den Hof. Maria räumt mit einem Rechen den Ofen sauber aus, Zenzi gießt Wasser über die Glut, die auf den Steinboden fällt. Die Holzasche kommt als Dünger auf den Waldboden. Mit einem Tannen-besen fährt Maria noch einmal durch den Ofen, der feine Duft der Nadeln breitet sich darin aus. Zenzi reicht Maria die Körbe mit dem Brotteig. Maria sorgt sich um die Form jedes einzelnen Laibes, fährt mit den Händen daran entlang, bevor sie ihn in den Ofen schiebt. Sie zeichnet mit der Hand ein Kreuz, damit die Leute gesegnet sind, die das Brot kaufen, und schließt die Tür.

Zenzi sammelt die leeren Körbe ein, türmt sie auf und hält sie sich vor den Bauch, als ginge sie schwanger. Die Brotlaibe, sorgsam gebettet, finden ihren Platz in den Regalen der Backstube. Überall im Haus der würzige Geruch von frischem Brot. Die Arbeit ist getan, erschöpft und zufrieden sitzt Maria im Lehnstuhl, schneuzt, schaut zur Zenzi hinüber, die sich auf dem Sofa ausgebreitet hat. Die ersten Brotkunden klopfen an die Türe. Davon unbeeindruckt bleibt Maria sitzen, begrüßt sie mit ein paar Worten, bevor sie mit ihnen in die Backstube verschwindet.

Abend

Maria sagt zur Zenzi lachend, dass sie noch einmal an einem Druckfehler in ihren Gesundheitsbüchern sterben wird. Zenzi hat ihren eigenen Kompass: neugierig ist sie auf die Vergangenheit und auf die Zukunft. Gegackere von Hühnern, das Klappern von Kochgeschirr, das Geräusch von Haarnadeln, die auf den Teller fallen. Maria hat ihre langen Haare um den ganzen Kopf herum ausgeworfen,

das Netz hält sie in der einen Hand, mit der anderen Hand fährt sie mit dem Kamm durch die Haare. Zenzi schaut ihr zu.

Maria und Zenzi löschen im Hofgebäude das Licht, schließen die Haustür ab und gehen im Halbdunkel zum Austragshaus.

Am Waschbecken unten in der Küche vom Austrag ein kleines Stück Seife, ein Handtuch. Nach dem Waschen legt die Zenzi den aufgesteckten Knoten ab und geht mit Maria die Stiege hinauf in ihre Schlafkammer.

Die Dinge, der Zweck

Maria und Zenzi wurde das Brotbacken immer beschwerlicher. Sie entschlossen sich, es aufzugeben.

Der Trog wurde von seinen Mehlresten gesäubert und auf den Speicher zu den anderen Gegenständen gebracht. Die Dinge haben ihren Zweck erfüllt. Alt und Neu mussten sich zusammenraufen – in der Wohnstube das gefliese Stück neben dem Holzfußboden, in der Küche der Geschirrspüler. Der Alltag, die Schubkarre verbindet sich mit den Sonntagskleidern. Wo jetzt die Stube ist, war das Elternschlafzimmer, durch eine Falltüre kam man von dort aus in den Keller. Über eine steinerne Treppe. Im Vorhaus ganz hinten war die Kammer für die Mägde und die ältere Schwester, die Kathi. Dann kam eine Krautkammer mit zwei großen Krautsteinen und der Trog zum Brotbacken. Heute ist hier die Brotkammer und das Bad. Gegenüber von der Stubentüre war ein kleines Zimmer für die jungen Knechte, die Futterbuben. Die älteren schliefen in der Knechtkammer über dem Rossstall. Sie wurden von den Futterbuben getrennt. Man wollte kein Unrecht im Haus.

ÜBER GESUNDHEIT, KÄMMEN, SELIGKEIT, TOD UND NOCH SO ALLERLEI

Wie der Urgroßvater zur Urgroßmutter kommen is

Wir haben zu der Pfarrei Waldkirchen gehört. Und da hat er sie in der Kirche gesehn. Nach der Kirche ist er zu ihr hin und hat gefragt, ob sie ihn haben möchte. Das heißt so viel wie gerne haben. Dann hat sie's nicht gerade gewusst, hat nicht gleich geantwortet und gesagt: »Nächsten Sonntag kommen wir wieder zusammen.« Und nächsten Sonntag hat er gewartet auf sie; da is der Urgroßmutter seine Schwester gekommen. Sagt er: »Wo is denn die Schwester?« »Ja, die hat gesagt, die mag dich net.« Hat er gesagt, der Urgroßvater: »Magst mich du?« »Freilich«, hat sie gesagt, »mag ich dich.« Und dann is das unsere Urgroßmutter gewordn.

Nach den Archiven war unser Urgroßvater ein ganz frommer Mann, ein religiöser. Bis von Waldkirchen sind die Priester hereingekommen, haben sich zum Brunnen hinausgesetzt, der vor dem Traidkasten gwesn is, und haben geredet mit ihm. Und dann haben sie gesagt, ja Andre, haben sie gesagt, du weißt ja mehr wie mir.

Der Urgroßvater hat elf Kinder ghabt, und jedes is rechtschaffen gwesn. Nur eines, die Resi, is gstorbn, im Kindesalter. Da habn's a paar Tag vorher a Prangerin rüberlaufn sehn, a weißes Mädchen, und dann is die Resi gstorbn. Ja, früher hat es des gegeben. Die Kinder vom Urgroßvater, die vier Schwestern, Maximiliana, Kreszenz, Theres und Anna, sind alle nicht verheiratet gwesn. Die Anna is unsere Großmutter gwesn.

Eine resolute Frau

Unsere Großmutter stammte aus Kuschwarda und war eine sehr hübsche Frau. Die Großmutter des is eine kräftige Frau gwesn. Vom Garten hat sie 's Gras reintragn, hat es in ein großes Tischtuch getan und auf den Kopf hinaufghobn, da hat sie sich so hineinspreizen müssen in den Boden, dass sie mit dem Fuß das Moos wegghobn hat. Da hat sie das Gras hineintragn, dass ja net der Garten geschädigt wordn is von einer Maschine. Eine große Frau war das und eine resolute, überhaupt sind das resolute Weiber gwesn. Auch die Maximiliana. In scharfen Worten gab sie ihre Meinung kund, hat es in der Grabrede geheißn.

Unser Großvater stammt von Grainet. Und da sind zwei Lehrer gwesn und zwei Bäcker. Geschwister waren das von ihm. Und ein ganzes Zimmer voll Musikinstrumente haben's ghabt. Und wann unser Großvater musizieren hätte müssn, dann hat er sich auf den Rauchfang nauf versteckt.

Die Mutter

Unsere Mutter wurde von den Großtanten aufgezogen. Sie wuchs auf dem Raidlschen Hof auf. Eines Tages kam ein schöner Knecht ins Haus. Sie verliebte sich in ihn und er auch und dann wurde sie mit unserer älteren Schwester Kathi schwanger. Er musste in den 14er Krieg einrücken, als die Mutter in der Hoffnung is, und musste an die Front. Und unsere Soldaten haben zu kurz geschossen und haben ihre eigenen Soldaten selbst erschossen und da war er dabei. Ein wunderbarer Mann und sein Bild hängt immer noch in der alten Stube im Dammerlhof. Die Mutter heiratete dann den Johann Pauli von Kanau.

Die Mutter hat von der Maximiliana das Haus kriegt. Sie hat nicht viel geredet. Der Vater hat gsagt, die Mutter is oft stundenlang vorm Fenster gstandn und hätt glust, wann die Buben kommen von Russland. Und da wird sie sich recht verkältet habn. Und auf alle Fälle, auf einmal is was kommen, in Perlesreut is a Soldat kommen und der hat gwusst, dass der Maxl lebt, die sind beieinander gwesn in Russland in der Gefangenschaft. Dann is die Kathi mit dem Radl nach Perlesreut und lang is nicht heimkommen, und da is die Mutter auf dem Ofen oben gsessen und hat gewartet, bis die Kathi kommt, da is a Wasserbecken oben gwesn auf dem Ofen und da sind die Leut gern oben gsessen, da is recht warm durchgangen. Dann is die Kathi also kommen und hat ihr alles erzählt, wie es ist in Russland. Und dann is die Mutter krank wordn bei der Nacht. Die is daheim gelegn ein paar Tage und dann hat sie solche

Schmerzen gekriegt, dass sie die Wänd nauf is und dann habn sie's mit am Ross hinausgfahrn, es hat weit gefehlt, am Magen hat sie's ghabt und der Blinddarm is zerplatzt gwesn. Dann hat sie so gejammert um den Hans, der is noch vermisst gwesn, mir habn nix gwusst von ihm, und da hat sie sich so hineingesteigert, acht Tage nach der Operation is sie dann gestorbn. Dann sind sie bei der Nacht hinaus, die Geschwister und der Vater, naja, dann habn sie's mit dem Rosswagl wieder reingfahrn zum Hoftor. D'Liab is oft gar.

Die Mutter und der Vater

Der Vater hat halt d'Sau abschlachten können, die Viacha, da sind wir immer davon, und die Mutter auch. Wir haben viel arbeiten müssen, furchtbar. Die Füße gefrorn, die Knie, ganz schwarz sind die gwesn, und mit Gänsefett is des wieder rausgangen. Holz machen, alles mit der Säge. Manchmal haben wir geheult. Aber die Gefangenen, mei, die Mutter hat den Gefangenen alles getan, den Polen, Franzosen, den letzten Liter Milch hat sie ihnen gegeben, ja. Da hat der Vater auch nicht geschimpft. Der Vater stammt auch von einem Bauernhof ab. Er hat ein Asthmaleiden ghabt, bei der Nacht gehustet, und am Tag soll er gearbeitet haben, er ist nicht so groß gwesn, und da haben ihn die Weiber auf dem Hof überrollt.

Das da drüben auf dem Foto, des ist der Vater, mei, der Vater hat so schön gsungen. Der hat uns alte Lieder glernt, das Sibirienlied, Lieder aus der Fremdenlegion, schöne Lieder. Mir haben alle Tage gsungen mit dem Vater, das is für ihn der Himmel gwesn, und ich weiß noch das erste Lied, das wir bei ihm glernt haben: »Wenn ich zum heiteren Himmel schau da lacht er freundlich weiß und blau.« Kurz vor seinem Tod habn wir noch »Die Rose vom Wetterstein« hergsungen, da is er dort gsessen im Bett, da draußen in der Kammer und am anderen Tag is er gstorbn. Mei, der hat singen können, und vielleicht haben wir das ein bisschen von ihm geerbt. Einmal haben sie uns in Passau auf der Schulter hinausgetragen vor lauter Begeisterung, die Maria hat singen können, furchtbar hoch, die Leute haben geweint, so was hast du noch nicht erlebt. Den Zettel hab ich auch noch von der Festterrasse, da haben sie uns so schön angesagt: »Ein Steinwurf von Grainet liegt Solla.«

Die Maximiliana

Des is a weng a kleinere gwesn, Jacken hat sie anghabt und Kittel, halbe Schürzen und streng gekämmt, in der Mitte der Scheitel, dass ja kein Haar vorschaut. Die ist mit uns Kinder umeinandergezogn und hat gestrickt dabei, wunderbare Muster. Augenglas hat's ghabt und immer danach gsucht. Um ihren Hals sind Kröpfe glegn, die hat sie immer unter einem Tuch versteckt.

Die Maximiliana hat Schafe gehütet. 30 Schafe waren auf dem Hof. Und da is sie mit den Holzschuhen umeinander, an Hund hat's ghabt, weit is gangen, im Wald hat's die Schachten gebn und da hat sie herumgehütet.

Die Max hat schlecht ghört, naja, da hat der Pfarrer a weng schrein müssn, und wie's zum Sterben gwesn is, des is a recht a heißer Tag gwesn, da is er am Nachmittag dagwesn und hat ihr die Stola immer wieder rumglegt.

Und wie die Max gstorbn gwesn is, da sind wir dann einmal draußn gstandn vor der Tür und es is schon a weng finster gwordn, die Mutter is draußn gstandn und wir haben s' Türl aufghabt, und auf einmal geht eine alte Frau vor, und dann beim Nachbarn unten da hat sie noch einmal umgschaut, und dann hat die Mutter gsagt, jetzt beutelt's mich aber. Und mir is des auch so vorkommen, als wenn des eine andere Frau gwesn wär, die hat umgschaut, aber ich hab ihr Gesicht nicht richtig erkennen können. Und in 50 Tag is die Mutter gstorben. Das kommt einem fast so vor, als wenn sie kommen wär um die Mutter. Auf einmal hat's die Mutter gfrorn. Is ihr Angst und Bang wordn. Was weiß man denn.

Die Kathi

Die Kathi is a lediges Kind gwesn und das war was Furchtbares. Die ledigen Kinder sind aber auch notwendig gwesn, wo wär unsere Mutter hinkommen mit sieben Kindern. Die Kathi is schon älter gwesn wie mir, die hat Mutterstelle vertreten. Die Kathi hat auf uns stark aufgschaut, dass mir net in eine Schande kommen sind, mir habn uns richtig kleiden müssen – an Pullover habn wir lang nicht anziehn dürfen. Die Kathi is sehr verehrt wordn, weil sie eine recht hübsche Frau gwesn is. Sie is recht wählerisch gwesn mit den

44

Männern, die hat net gleich zugsagt. Mir habn da so viel mitkriegt, wenn mir in die Arbeit fort sind mit den Knechten, wie sie hinter den Weibsbildern her waren. Aber wir haben einen Schutzengel ghabt. Wann so welche kommen sind ans Fenster – is auch oft recht interessant gwesn –, zu der Kathi sind sie gekommen, und wenn ihr einer nicht gepasst hat, dann is sie heimlich zu mir und hat gsagt: Sag i bin net da. Wo is sie denn? Des weiß i net. Und wer bist du? Da hab i gsagt, dass i eine Böhmin bin. Da sind sie wieder gegangen, weil die Böhmen haben's net mögn.

Bei Haustänzen hat sie getanzt, die Kathi hat Verehrer ghabt, aber sie hat sich rausghalten.

Die Kathi hat schon ganze Kleider anghabt, und die Näherin hat's halt hergerichtet, so schön scho, die Kathi hat schöne Haar ghabt und a schöns Gsicht, und gestickt hat sie gern – wunderbare Stickereien.

´s Dodei

´s Dodei war recht religiös, die hat den Herrgott unendlich verehrt. Eine sehr strebsame Frau is sie gwesn. Und wenn wir in die Nähe kommen sind, da wo sie den Austragswald hat, da is sie auf einmal weg von der Wiesn und is in den Wald, hat die Händ über's Kreuz in den Rücken genommen, und da is sie gemütlich in ihren Wald neigegangen.

´s Dodei hat lauter Baumwollkleider anghabt, so wie man heute die Dirndlkleider hat, einen halben Kittel, der is ein wenig in Bahnen geschnitten gwesn, und a Jacke. Und innen hat's ein Leinenhemd anghabt, des is gereiht gwesn, mit Arm, Sommer wie Winter ein Leibchen. In die Maiandacht, wenn sie gangen is, hat's Schlepfen anghabt, innen Holz, in der Höh Leder. In die Kirche am Sonntag schwarze Schuhe, und wenn ein Festtag gwesn is, ein ganz heiliger Tag, da hat sie ein ganz schönes schwarzes Gwand anghabt, Kopftuch, und wenn's gangen is, a neues Taschl. Und a wunderbare Wäsch; des Leinen is gstandn. Alle Tag vorm Bettgehn hat's die Füß nauf auf den Grand und hat's gwaschn.

's Dodei trug alle zur Taufe, und bei den drei Mädchen hat's die Firmpatin übernommen und sorgte auch, dass ein jedes anständig wurde. Sie hat nicht viel Spaß verstanden, war etwas auf der kalten Seite. Sie ist um 4 Uhr aufgestanden. Sie war nicht groß, aber flink und was sie gsagt hat, hat an Sinn ghabt. Sie hat zwei Küh, a Sau, Henna, Kartoffel, Obst ghabt. Die Peitsche zum Ochsentreiben hat sie sich selber gedreht.

Zweieinhalb Jahr is sie auf dem Krankenlager gelegn und hat nicht redn können, nur »Jungfrau sterben« und »Jesus sterben«, und einmal bei der Nacht wischt a Engel vor die Tür, und zwar der is zusammengesetzt gwesn aus Lichtschattierungen, nicht wie's die Welt aufzeichnet mit wallenden Gewändern. Wie a Blitz is der von der Tür zum Dodei hin.

A paar Stund und dann is gstorbn.

Der Andre

Der Andre war klein von Wuchs, hat beim Vater gschlafn. Er hat Körbe geflochten im Winter. Er hätte auch gut singen können und da hat er von einem Polen einen Juchatza ghört und den hat er glernt. Als er klein war, hat er ein Kinderlied gesungen und wir habn ihn ausgelacht und er hat nie mehr gesungen. Der Wald war sein Himmelreich, die Stille. Ave Maria hat er in einen schönen Baum geschnitzt. Karten gespielt, Körbe geflochten. Er hat getanzt, die Frauen haben gern getanzt mit ihm, auch die Verheirateten. Er ist immer fesch beieinander gwesn. Gell, jetzt kaufst du dir wieder ein neues Gwand, hat die Kathi zu ihm immer gesagt. Er hat sich gern von einem Schneider einkleiden lassen, beim Schneider hat er sich die Stoffe ausgesucht. Wenn ein Unglück war im Dorf, war er der Erste, der da gwesn is.

Der Maxl

Der Maxl war ein wenig ein lebhafter und in der Schule hat er sich auch durchgesetzt. Er hat einmal auf dem Schulweg einen Stacheldraht gefunden und über den Weg gespannt. Der Herr Pfarrer Schreiber is drübergefalln, die Augenglas sind ihm zerbrochen. Der Maxl konnte gut tanzen und hatte bei Frauen Glück.

Er ist bei Nacht und Nebel davon. Die Leut sind über ihn her, mir habn a Dorf, das die Leut verführt. Wenn du

net versext bist, dann hast du keine Chance. Du bist ein Außenseiter, und das haben wir oft gespürt. Und die Leut haben dann den Bruder verhetzt. Zehn Jahre ist er nicht heim, und wir haben nicht wissen dürfen, wo er is. Und er hat einer ein Kind angehängt von Reichenau, auch von einem Bauernhof, und is dann nach Marklhofen. Da hat er dann eine kennenglernt und hat geheiratet. Und dann, am Ostertag, sind sie gekommen. Da is er das erste Mal wieder herein durch das Hoftor. Und die Schwester Kathi hat gesagt, heulen tu ich nicht mehr, die hat ihm das Tor aufgemacht und dann ist er herein und es ist gwesn, als ob es nichts gegeben hätte, alles is recht gwesn.

Der Cousin vom Maxl hat a so gheißn wie er, und is a recht a Gscheiter gwesn und da haben's einmal Theater gespielt, da is er der Pfarrer gwesn, er hat ein Pfarrergwand anghabt und is in einem Schiff drin gwesn, was meinst, was das für ein Theater gwesn is.

Der Andre und der Bruder

Wie der Maxl aus Russland zurückkommen is, dann is er unter die Dorfleut kommen, die haben ihn schon mitgenommen auf 'n Tanz und auf die Lustbarkeit. Und dann haben sie auch einmal recht gejuchzt bei der Nacht, da schaut die Schwester Kathi zum Fenster raus. Oh du liebe Frau, hat's gsagt, Marie, jetzt haben's n scho, und nix is mehr gwesn. Dem Andre hat er einmal eine Watschn gebn. Dann is der Andre zum Vater. Der is krank gwesn schon, dann im März is er gestorbn, und da hat der Vater gesagt: »Wenn das so is, dass er die Geschwister haut, tu ich das Testament ändern, und kriegn tut er den Hof nicht.« Dann hat er das Testament geändert und eine Erbengemeinschaft gemacht.

Das is des Leben

Mir habn a Schul ghabt im Traidkasten oben, die Stiege hinauf; die Gescheiteste is die Lehrerin gwesn, und da is so ein Holzblattl gwesn, des war die Schuluhr. Und da hat die Lehrerin a paar Mal die Zeit gschlagn mit einem Stecken, da habn alle antreten müssn. Die Uhr die is heute noch da. Und im Frühjahr, wenn der Schnee weggangen is und is scho a weng dunkel gwesn, dann is 's Ferkeltreiben angangen, und zwar is des des heutige Golfspiel, meistens sind's die Bubn gwesn, die habn einen langen Stecken ghabt und so ein Holzstöckl und da haben sie Lucken gemacht in der Wiesn, und wer halt dann das Holzstöckl am ehesten neibracht hat ins Loch, des is der Gewinner gwesn. Ab und zu is jemand der Stecken ausgrutscht und hat dem andern recht auf die Füß naufghaut und dann is wieder weitergangen.

Der Holzschuhmacher

Im Winter is man auf d'Stör. Da is der Holzschuhmacher kommen der hat uns in der Stubn die Holzschuh gmacht.

Da hat er eine Holzschuhhobelbank mitgebracht und da hat er für die ganze Familie die Holzschuh gmacht, und zwar is der von Kanau gwesn, da is unser Vater her. Wir Kinder sind um ihn herumgesessen, und der Vater auch und der Holzschuhmacher – der Vater und er, mei, die habn so schön gsungen, die habn so stark schöne Lieder gsungen, »Woast du Mutter, was mir hat tramt hat«, ja. Der Holzschuhmacher is bestellt wordn und da haben's schon Holz hergerichtet vorher. Der hat gute Holzschuh gmacht, a fescher Mann. Mir sind in ersten Kurs gangen und der is schon in die Dreißiger gwesn. Wenn er für uns Kinder Holzschuh gmacht hat, dann hat er noch eine Blume draufgmalt. Und dann habn wir auch einen Wagner ghabt, der die Holzräder gmacht hat für die Wagn, der is so stark lustig gwesn, der hat so Witz gwusst, und zu uns Kindern so gut, immer so gelacht.

Rorate

In die Rorate habn mir jeden Tag gehn müssn, des is die Frühmesse in der Vorweihnachtszeit, im Advent, da hat's die Engelämter gebn in der Kirch, da is des Allerheiligste rauskommen und der Chor hat a lateinische Mess gsungen, da is gwesn, als wenn der Himmel selber herin gwesn wär. Und wann mir dann in d'Rorate gangen sind, da hat's halt auch Schnee ghabt, da habn mir Holzschuh anghabt, und wenn d'Knecht mitgangen sind, dann haben's uns Buckel-kraxn tragn, des hat uns gfalln. Und wenn d'Rorate aus war, dann hat aber d'Schul no net angfangt und da habn uns immer Leut noch zu sich reinlassn und da habn mir uns aufwärmen können. Da wo d'Straß naufgeht, da is a Hohlweg gwesn, und wann a Schnee dagwesn is – mei, da habn sich die Staudn in Ehrfurcht runtergeneigt. Engelamt, so heilig, als wär der Himmel da der mitgefeiert hat in der Früh. Die Bäume haben sich geneigt.

Das Fahrrad

Zwischen Hohlweg und Feldweg is a Wiesn gwesn, Teufelskrallen, Pechnelken, Glockenblumen, Margeriten sind da gewachsn, und nach der Maiandacht haben mir Maikäfer gfangen und habn Buchenblätter in den Mund genommen und haben blasn, die haben einen Laut geben, der is halt so schön gwesn. Unser Bruder, der Älteste, is auch mit in die Maiandacht, und wann's dann gheißn hat bei der Litanei »Du Königin des Friedens«, dann haben mir uns schon zurückgelehnt, ganz ergriffen sind mir gwesn. 's Dodei hat neue Schlepfen anlegt zur Maiandacht, und mir haben segeltucherne Schuh kriegt mit denen mir leicht glaufn sind, und a bessers Gwand habn mir da anghabt und unser Bruder, der Ältere, hat vom Onkel aus München a Fahrrad kriegt a kleines, groß is er nicht gwesn der Hans, und is mit dem Fahrrad in die Maiandacht. Da is in der Hintereben ein großer Mann im Chor von der Maiandacht gwesn, und nach der Maiandacht hat der Hans d'Reibn nimmer kriegt und fährt dem Mann durch die Füß durch.

Lisai, das Pferd

Von unserer Kindheit an habn wir ein Pferd ghabt, 's Lisai. Und die hat uns nicht verlassn. Bis ins hohe Alter. Als Kinder habn wir oft reiten dürfen, wenn's ihm zuviel war, hat's uns überm Kopf abgworfn und is einen Schritt zurück. Und wenn der Vater in die Schmiede is zum Hufeschlagen nach Böhmzwiesel, dann wenn's fertig warn, hat der Vater gsagt: »So Lisai, jetzt schau, dass d'heimkommst!« Und sie is allein heim und der Vater dann erst hinterher. Und wie früher die Dreschmaschinen von Dorf zu Dorf gfahrn sind und eine kaputt war, wenn gar nix mehr ging, dann kam 's Lisai und packte das, und oft wurde sie vom Dodei geführt. Sie hat auch die Verstorbenen vom Hof zum Friedhof nach Hintereben gebracht. Wir wollten der Lisai das Bleiberecht gebn aufm Hof. Aber wie der Bruder von Russland heimkommen is, war sie schon alt und er wollte sie nicht mehr gebrauchen. Dann hat er's verkauft und sie kam in eine Rossschlachterei. Die Maria hat's führn müssn nach Waldkirchen auf den Bahnhof. Da ist 's Lisai dann verladn wordn.

Zuschaun verboten – mitreden auch

's Dodei is meistens die erste gwesn die aufgestanden is, dann haben wir gefüttert, auch wir Kinder, und einer hat die Ochsen eingespannt oder die Pferde und is um Gras gfahrn. Der ältere Bruder is auf einem Stein gesessen noch halb schlafend und hat auf die Ochsen gewartet. Wenn das Füttern fertig war, hat's eine saure Suppe gegeben, eine Mehlsuppe mit Topfen. Und dann is wieder aufs Feld gangen, Mähen und Ackern. Mittagessen gegen 11 Uhr, damit der Nachmittag lang gwesn is. Mir haben bei der Kathi sitzen dürfen, mitreden durften wir nicht, sonst hat uns die Kathi einen Renner gebn. Die Kinder mussten sich unterordnen, keine Gabel aus der Schublade nehmen. Beim Kuhkälbern haben wir auch nicht zuschauen dürfen, der Unterleib war auch von den Tieren etwas Anrüchiges. Nach der Erntezeit hat sich 's Dodei eine neue Peitsche hergerichtet, auf dem Fuß Schnüre gedreht, dass am Ende fein gwesn is die Peitsche. Zwischen den Erntezeiten waren Waschtage, da hat sich 's Dodei die Zipfel vom Kopftuch hinten neigsteckt und der Schweiß is ihr im Gesicht runter. Die Männer haben dann Wasserrohre gebohrt für die Leute mit Wasserrechten. Damit is die Wasserleitung von den acht Wasserrechtlern vom Dorf repariert wordn. Manchmal is die Leitung verstopft gwesn von einem Frosch, oder von einer Maus.

Kinder und Knechte

Zu Lichtmess is der Dienstbotenwechsel gwesn, da hat man wieder schaun müssn, dass man jemand kriegt hat fürs nächste Jahr. Die Knechte habn in der Bauernstube am Tisch gessen, mir Kinder habn uns nicht getraut einen Löffel aus der Tischlade zu nehmen. Mir habn da hinten was zu essen kriegt, der Vater hat a Tischl ghabt, er hat allein gessen,

und die Mutter, die hat während dem Kochen überall ein bisschen herumgessen. Mir habn nicht zu den Dienstboten gehn dürfen, und wehe, mir habn jemand beleidigt. Mir habn schon in die Nähe der Dienstboten dürfen, und mir Kinder habn die Männer gefürchtet. Mir habn so allerhand gehört, und da hat man spekuliert.

Weihnachten

Auf einmal sind die alten Puppen weg gwesn, und wir habn sie zu Weihnachten wiederkriegt, neu eingekleidet. Die Mutter und die Schwester die haben's anzogn mit Brautkleider wie's zu früheren Zeiten gwesn sind. Schwarze Brautkleider mit einem Myrthenkränzchen und einem weißen Schleier. Wenn eine a ledigs Kind ghabt hat, dann nur ein Diadem mit Goldborde, auf der Seite ein Sträußchen Blumen. Die Bubn habn an Schimmel kriegt aus Pappe, der is auf einem Holzbrett mit Rädern gwesn. Grauweiß bemalt. Vom Vatern a Bruder – spezialisiert in Schreibwaren, Spielsachen – von dem habn wir ein Grammophon kriegt mit Weihnachtsliedern und a Eisenbahnlokomotive. Alles weg.

Christrose

Bei meinem nächsten Besuch übernachte ich auf einem Bauernhof in der Nähe. Diesmal bleibe ich eine Woche.

Maria und Zenzi überlassen mir für die ganze Zeit ihr Auto. Manchmal steigt Maria mit ein. Sie dirigiert mich auf schmalen Straßen durch ihren Waldbesitz, vorbei an verpachteten Wiesenflächen, hin zur eigenen Quelle. Sie legt das Ohr dicht an den moosbewachsenen Betondeckel, so kann sie das Wasser hören, das bis in den Brunnen im Hof fließt. Wir setzen uns und schauen auf das Nachbardorf, den Kirchturm, die Schule, in die Maria gegangen ist.

Immer die Hände vor dem Bauch sitzt Maria im Auto und zeigt mir das Land, auf dem drei Generationen hart gearbeitet, die Felder bestellt, Holz gemacht, Getreide und Flachs angebaut haben. Nie würde sie etwas davon hergeben. Zurück auf dem Hof geht Maria mit mir durch das ganze Haus, öffnet Schränke und Truhen, steigt auf den Speicher und in den Vorratskeller hinunter, im Gemüsegarten wachsen Kartoffeln, Bohnen und Salat. Je nach Jahreszeit blühen hier Pfingstrosen oder Bartnelken, rosa Phlox. Früher wurden viele Pflanzen zu Heilzwecken verwendet. Maria erzählt, dass die Wurzel der Christrose bei Schweinekrankheiten half. Man hat dem erkrankten Tier ein Loch ins Ohr gemacht und eine Wurzel hindurch gesteckt. Ich stelle mir das Schwein vor, das mit der Wurzel im Ohr über den Hof läuft.

Der Wald ruft

Bei meinem dritten Besuch nach ein paar Monaten bietet Maria mir an, auf dem Hof zu übernachten. Es ist Sommer, August. Ich möchte auf dem Dachboden schlafen. Zenzi geht mit mir in den Stadel und füllt einen alten Bettüberzug aus Leinen mit Heu. Die Tür steht offen, Geräusch des Wassers vom Hofgrand; ein Auto fährt vorbei, dann ist es ruhig.

Auf den Wald droben über dem Obstgarten fällt noch kein Licht, es ist 4 Uhr, Maria ruft zum Kaffee. Zenzi füttert die Katzen im Flur, macht den Hühnerstall auf, setzt sich, um gleich wieder aufzustehen und nach den leeren Futternäpfen zu sehen. Bereits gegen 5 Uhr in der Frühe sind die ersten Arbeiten erledigt und Maria schaltet den Fernseher ein. Ein Bericht über archäologische Funde, Ausgrabungen von Königsgräbern, ärgert sie. Nicht einmal die Toten haben ihre Ruh'. »Das hat auch Schuld, dass die Welt langsam abhaust«, sagt sie, holt die Zeitung, die hinter der Hoftür steckt, und setzt sich damit an den Tisch. Die Totenanzeigen zuerst, damit sie nicht versäumen, den Verstorbenen die letzte Ehre zu erweisen.

Maria fährt mit mir in die nächste Stadt. Wir gehen zum Metzger, in die Apotheke – Zenzi will eine Arznei, die sie aus Naturheilkundebüchern herausgesucht hat. Ständig trifft sie auf jemanden, den sie kennt, Brotkunden, Mitglieder des Chors, in dem sie zusammen mit ihrer Schwester mehr als 48 Jahre gesungen hat, den Weinhändler, gleich bestellt Maria zwei Kartons vom lieblichen Roten. Auch auf den Hof kommen viele Menschen, um sich Rat zu holen, Neuigkeiten auszutauschen. Es sind zumeist Leute aus der Umgebung von Solla, aus dem Dorf selbst kommt kaum jemand.

Am Abend holt Maria wieder Wein und wir trinken zusammen. Maria und Zenzi jeweils ein Glas. Die Flasche bleibt diesmal vor mir auf dem Tisch stehen, als die beiden schlafen gehen. Sie nehmen Weihbrunn, löschen das Licht, schließen die Türe ab und gehen über den Hof ins Austragshaus. Ich sitze auf der Hausbank, neben mir eine Flasche mit einem Sud für die Haare, den Zenzi für mich bereitet hat. Am nächsten Morgen reise ich ab. In meinem Gepäck Marias Worte: »Wirst sehn, i sag's dir, der Wald ruft.«

Im Delirium

Wir haben arbeiten müssen wie Knechte, die Kuh hat gekälbert und da habn mir rausmüssen bei der Nacht und keine Heizung ghabt, da hat uns danach wieder recht gfrorn. Ich hab 15 Jahre einen Bruch ghabt und keinem was gsagt, eine ganze Wurst is mir dranghängt und ich hab immer eine Miederhose anglegt und bin auf dem Kopf gestanden, dann is er wieder hinein. Das hat niemand gwusst und dann bin ich schon einmal bewusstlos gwordn, und da haben's mich hinauf auf den Operationstisch. Da hab ich noch gesagt im Delirium, nehmt's einen recht starken Zwirn, so einen Zorn hab ich ghabt über den Bruch, furchtbar. Und bis heut hab ich keinen mehr. Wenn ich mir hätte helfen können, ich hätt ihn mir selber zugnäht, aber es is nicht gegangen.

Singen – eine Lust

Unsere Schwester da, die Schöne, ist in die Frühmesse gangen, da hat der Pfarrer gsagt: »Kathi, mit dir hab ich was:

deine Schwestern können recht singen, könnt Sie's vielleicht auf 'n Chor geben.« »Naja«, hat's gsagt, »i schmatz.« Und da beim Holzhaus is a Hohlweg gwesn, sie is die alte Straß heimgangen, und da is sie auf der Höh gstanden, und mir sind hinauf den Hohlweg. Dann is sie stehn bliebn auf der Höh und hat gsagt: »Ich verkünde euch eine große Freude.« »Ja«, habn wir gsagt, »was gibts denn?« »Auf 'n Chor müsst's gehn.« Ich hab mich gefreut und die Zenz hat gstampft: »I mag net.«

Das sind Strapazen gwesn, bei Sturm und Wind haben wir da hinauf müssen nach Hintereben in die Probe, bei jeder Leich, bei jeder Hochzeit, der Schnee is uns bis zur Brust gegangen, nasse Füße. Wir hatten keine Notenkenntnisse, es wurde Lateinisch gsungen und wir konnten weder richtig singen noch lateinisch. Am Himmelfahrtstag haben wir zum ersten Mal in der Kirche gsungen. Der Organist war ein Böhm. Bei seiner Beerdigung habn wir ihm das Böhmenlied gsungen. A recht a Gutmütiger is des gwesn.

Ein langer und ein kurzer Strich

So stark verbrannt, dass daglegn sind wie d'Neger. Ein Jahr habn wir gebraucht, bis es seine Richtigkeit gekriegt hat. Aufgerissen, zu viel gebacken, mit der Zeit kriegt es seine Richtigkeit. Einmal hab ich das Brot nicht gesalzen. So viel Schnee hat's ghabt, patschnass sind wir gwesn, mir haben's no einmal mit Salzwasser überschütt, aber es is nix rechts mehr wordn.

Abends tu ich das Mehl in den Trog und tu ein Drittel weg und zwei Drittel lass ich da und des verrühr i mit Wasser und den Sauerteig den tu i Mittag schon machn und dann misch i des gut und wenn's gut angmischt is, dann tu i a Mehl draufstreun und mach drei Kreuz drauf, wies d'Mutter und d'Schwester tan habn. Wie dem Andreas sei Kreuz, das Andreaskreuz, von am Apostel von den Orthodoxen, an langen Strich und dann drei kurze Strich, dass drei Kreuz sind. Dann wird's mit Leinentücher zudeckt – uralte Tischtücher, echtes Leinen, und den ganzen Tag geht's auf. In der Früh dann tun wir die Tücher weg und salzen, und dann das Gewürz hinein und vielleicht noch a Wasser, wenn's nötig is, und den Teig vom Vortag und gut untermischen. Und dann muss man alles gut durchkneten und dann lassn mir's wieder ruhn, eine halbe Stunde und mehr und dann kugeln mir den Laib raus und in die Körbe hinein und nauf in die Regale. Das sind noch Körbe, die der Andre geflochten hat, was er von einem Franzosn glernt hat, einem Gefangenen. Dann tu ich den Ofen heizen und hinaufheizn bis über 300 Grad und das dauert fast zwei Stunden. Dann is des Brot in den Körben wieder gegangen, weil des hat ja a Lebn und dann tragn wir das Brot raus. Die Glut sauber ausputzn und dann mit einem Tannenbesen nachkehren. Wenn alles sauber is, mit einer Spachtel Mehl in den Ofen hinein und wenn es schnell verbrennt, is es zu heiß, man muss viel Gefühl habn mit der Hitzn und dass es auch zammpasst mit dem Sauerteig wenn er geht, mit viel Gefühl muss man das machen. Erst dann wenn das Mehl nicht mehr verbrennt oder ganz langsam, dann kann man das Brot hineintun. Die Luft zittert vor Hitze. Ich schau einmal nach und wenn's noch weiß is, muss man's noch drin lassen. Wenn Sommer is, sind die Laib eher gebacken. Im Winter muss man mit der Hitze anders rechnen. Im Winter is der Backofen recht ausgekühlt und man braucht mehr Holz. Wenn das Brot schön braun is, wenn man neischaut, das is so was Heiliges wie's da drin liegt.

Zaunstecken und schwimmendes Öl

Wir sind jetzt wo gwesn, da hat's lauter Würstel gegeben und so allerhand, alles mit Öl gebraten, so schwarz wie Bremsenöl und uns hat's graust. Wenn wir Kinder zum Neujahrswünschen herumgegangen sind, haben uns die Frauen Lebkuchen und Butterkekse geschenkt. Und Krapfen haben wir gebacken, Ausgezogene, die Finger ins Schmalz und den Teig über die Finger damit ein schönes Fenster wordn is und nicht zu groß. Von dem Krapfenteig hat man dann einen Löffel voll Teig ausgestochen und ins schwimmende Fett, das sind dann Vögel gwesn. Und dann hats die Zaunstecken geben, ein Teil gekochte Kartoffel, zwei Teile Mehl. Oder sieben Eier nehmen, mehr als ein Pfund Butter, sieben Hand voll Mehl, etwas Sauerrahm, Salz, behandeln wie Blätterteig, anmachen, kneten. Wenn die Herpesbläschen aufsteigen, dann is recht.

Unheil

's Dodei unten vom Austrag und alle vom Hof sind ans
Fenster kommen und da hat man es gsehn das Nordlicht,
wie wenn Blutadern über den ganzen Himmel zogn wärn.
Gefährlich hat's ausgeschaut. Und es hat net lang dauert,
dann haben's die Bubn einzogn, die sind auch lauter so
18-jährige Bubn gwesn, da hat man sich um den Bauern-
stand net kümmert, ob da noch jemand da is zur Arbeit.
Daran erinnert sich Maria, als sie mit mir durch einen großen
Stall eines Bauernhofes aus der Umgebung geht. Kühe an
Melkmaschinen, gekachelte Wände, wie in einem Schlacht-
hof, flüstert sie mir zu. Immer wieder pufft sie mich mit dem
Ellbogen und schickt einen Blick zum Himmel. Recht modern
ist der Hof jetzt, sehr für den Hitler is er gwesn, der Bauer.

Das Nordlicht

Der Vater is bei der Nacht heimkommen und hat gesagt, Leut,
schauts naus, der Himmel is voll Bluat und des deut auf an
Kriag hin. Alles hat sich entsetzt und a jedes hat gsagt, ja wie's
in der Prophezeiung heißt – die Zeit kommt. Es hat gheißn
dass der Hitler kommt und in der Schul da is die Hetzerei
scho angangen in die Schulhefte, da haben mir gschriebn,
dass ma den verderblichen jüdischen Einfluss ausrotten muss
und dass die Judn aus dem Kulturleben auszumerzen sind.
Und da is a BDM-Frau kommen in die Schul und hat gfragt,

ob wir römisch-katholisch sind, und da is scho angangen mit dem Sortieren. Und dann is die Hitlerjugend kommen und mir haben weiße Blusn ghabt, auf den Knöpfen is BDM aufdruckt gwesn, an schwarzen Rock und die Bubn haben so Braunhemden ghabt und da haben wir Lieder gelernt, schöne Lieder, schneidige Lieder. Eigentlich hat's mir in der Schul nicht schlecht gangen, da haben wir gezeichnet, Damen mit Hüten wie's sie früher aufghabt habn unterm Kriag, a schöne Zeit is des gwesn. Wenn ma gescheit gwesn is oder hat a ruhiges Verhalten ghabt, haben wir dann ein Buch kriegt und wann die Amerikaner kommen sind, hat's d'Kathi schnell verbrennt. Die sollt's besser versteckt habn.

Ein braver Lehrer

Da is no kein Krieg gwesn da haben's schon von der Ausrottung der jüdischen Kultur gredet, die Judn sind in höheren Positionen gwesn – und da is schon der Hass angangen. Unser Dodei hat gsagt, wie die Juden noch dagwesn sind, is a Gschäft gangen mit die Viacha.

Mei Vater war kein Nazi. Und des hat a Schuld, dass unser Vater kein Nazi wordn is, weil unser Urgroßvater von der Prophezeiung her gwusst hat, dass a Unheil kommt. Unser Urgroßvater hat so ein Prophezeiungsbuch ghabt und da is des scho dringstandn. Über Prophezeiungen hat mei Urgroßvater zum Großvater und mei Großvater zum Vater geredet. 's Dodei hat's gwusst und die Tanten. Mei Vater war schon vorgewarnt durch die Prophezeiung, und wenn er ins Wirtshaus gangen is und es warn Nazi drin, da hat er schon geredet. Dann hat einer gesagt, wenn mir den Kriag gwinnen, mir Parteiler helfen euch schon. Dem sein Bruder hat den Hof kriegt, und der is schon bald wie der heilige Bruder Konrad gwesn. So verschieden sind die Kinder.

Ausgemerzt. Des hab i schreibn müssn, des is furchtbar gwesn, also da steht alles scho drin, was kommt. Und da haben mir an Lehrer ghabt von Vilshofen, der hat auch von einer Bauernfamilie abgstammt, a so a stark a Braver, a so a stark a Gschickter, aber a großer Hitler is wordn. Und dann is er auf a Mine getreten und nix is mehr gwesn. Orgel hat er gespielt, den Chor hat er geleitet. Uns Kinder hat er gefalln, a braver Lehrer is des gwesn. Er war net aufdringlich mit seiner Hitlergschicht.

Erinnerungsstücke

Auf dem Poesiealbum von den Juden, von denen der Hof das Küchenbüffet her hat, ist das königliche Wappen drauf, das sind sehr reiche Leute gwesn. Sie sind nach Rio de Janeiro ausgewandert; keine Kinder. Lisa Bach hieß die Frau. Eine Cousine von der Mutter einer Verwandten war bei denen Dienstmädchen. Die haben in München ein großes Kaufhaus gehabt mit Textilien. Ein Jugendstilbüffet haben sie der Cousine vor der Ausreise geschenkt, das steht jetzt auf dem Hof in der Küche. Maria hat es schon zweimal übermalt. Ein enger Verwandter mütterlicherseits, Bernhard Kellhammer aus Kellberg, akademischer Kunstmaler und Restaurator, lebte als Kind ebenfalls in München mit seiner Familie. Im Krieg bekamen sie vom Dammerlhof große Koffer voll mit Essen, zu Weihnachten einmal eine Gans. Sie schmorte gerade in der Röhre, als ein Luftangriff kam und alle in den Keller mussten. Die Mutter rannte immer wieder herauf aus dem Keller und übergoss die Gans. Nach dem Luftangriff bekam jeder ein Stück davon.

Der Stasi und die Anila

In unser Dorf da hat der Hitler die jungen Leut rausbracht von Polen, da war ich vielleicht 10, 12 Jahre alt. Und dem Schwarz Max seine Eltern und sein Großvater, die sind recht gut gwesn auf die Leute. Die haben's richtig in der Familie aufgenommen, und die habn auch recht gearbeitet, die zwei Kinder und sind recht anständig gwesn, die zwei Polenkinder, die im Dorf gwesn sind. Im Dorf warn nur zwei Polenkinder, die anderen, die sind danach erst kommen, die sind schon älter gwesn, wie der Krieg gwesn is, sind die kommen. Die beim Schwarz Max seinem Vater waren, sind Geschwister gwesn, der Stasi und die Anila. Erst danach sind die erwachsenen Polen kommen. Wie halt die Franzosen, die Gefangenen, auch kommen sind. Erwachsene Männer. Das warn dann die die auf dem Hof gearbeitet habn und die Männer, die im Krieg waren, ersetzt haben. Und ein Pole hat sich in die Anila verliebt, und wie dann der Krieg ausgwesn is und sind heim, da hat die Anila den geheiratet. Harrasing hat der gheißn. Auf alle Fälle sind bei der Nacht die Partisanen kommen und haben ihr den Mann erschossen, im Bett. Die sind also heim nach dem Krieg und er is von den Partisanen erschossen wordn. Die Anila, ein junges Mädchen, schöne Haar hat's ghabt, hübsch im Gesicht, und kräftig auch so – nicht übertrieben, aber a hübsche Frau. Und die Anila die hat so stark juchatzen können o mei hat die juchatzen können, wenn's da oben gehütet hat auf der Wies, hat's gejuchatzt dass in der Hintereben alles geklungen hat.

Das Wiedersehen

Der Krieg is immer näher kommen und 45 im Oktober is die Mutter gestorbn. Mir habn vom Krieg nicht viel mitkriegt. Da hat es geheißen von der Gemeinde, es dürfen sich die Bauern gefangene Franzosen holn, die sind unten gwesn in der Edelmühle in einem Lager. Dann hat der Bürgermeister vom Dorf, des is ja der Parockinger gwesn, der hat also dann vier Franzosen gholt und a jeder hat sich an Franzosn gnommen und der unsere is a recht a Feiner gwesn. Die andern habn gsagt, also von der Landwirtschaft is der net, und den haben's dann uns gebn. Dabei habn mir an ganz berühmten Bauern kriegt, der Pferd auf die Welt bracht hat und a halber Tierarzt is schon gleich gwesn. Der hat dann überall umeinander müssn ins Kuhhalten. Und einmal – da is die alte Straße gwesn da rauf nach Solla – da hat der Bürgermeister gsagt, sie müssen im Winter Steine schlagn, dass die Straße gerichtet wird; in der klirrenden Kälte habn die hinunter müssn und Steine schlagen, und des hat ihm unser Franzose nicht verziehn. Mir habn ihnen schon Socken geben und warme Sachen, dass angezogn gwesn sind, aber der Franzos hat ihm des net vergessen, bis zum Abzug. Da is er dann in der Ohmühle unten gwesn und da is der Amerikaner kommen, und da haben's gefeiert und habn an Rausch ghabt in der Früh und an Revolver hat er dabeighabt und da is er zu uns – ja, den Bürgermeister erschießt er. Und dann habn sich die Mutter und die Kathi niederknelt und habn gebittet, er soll's net tun, und dann is er aber zum Bürgermeister und hat ihn recht beschimpft.

Polenkinder sind zu einem Bauern kommen, Geschwister, und mir habn uns so gut verstanden. Vor sieben Jahren sind wir dort gwesn in Zakopane und haben die Anila besucht. Dem Nachbarn seine Schwester steht in Briefwechsel mit ihr und a Busunternehmer is neigfahrn wegen uns. Eine Dolmetscherin habn wir dabei ghabt und die Tränen sind geflossen. In unserem Dorf sind die Polen und die Franzosen aufgenommen wordn, als wärn's daheim. Die habn das gleiche Essen ghabt wie wir, und wenn's krank gwesn sind, dann hat ihnen die Mutter auch alles getan. Also mir brauchen uns einmal net fürchten in der Ewigkeit.

Der Träumer

Von Böhmen sind viele Leute raufgekommen, so Hausierer, unterm Krieg weiß i des. Mit Böhmen is der Bayerische Wald schon bekannt gwesn, sind die Salzsäumer dagwesn, und unser Bruder, da wird er 16 oder 17 Jahre alt gwesn sein, der Hans, da is er mit einem Fahrradl in die Röhrn nach Böhmen neigfahrn, und da hat er ein Tuch raus, ein ganz a schönes und a Halskettl, und des is alles noch da. Nach dem Krieg, wie die Böhmen raus habn müssn, da habn wir so viele Leute ghabt, wie die Mutter gstorbn is, des is der 19. Oktober gwesn 1945, da is der Vater naus ins Arbeitsamt und hat einen angefordert, und des is der Palitschek Johann gwesn. A Polizist is des gwesn, und den habn die Tschechen gschlagn, und habn ihm Brüch gschlagn, weil er ein Polizist gwesn is bei der Hitlerzeit. Der hat Druckschrift können mit dem Bleistift, mei so schön schon. A recht a Lustiger. Er hat eine Freundin ghabt in Prachatitz, und da hat er seine echte Frau auf die Seite gstellt. Also 's Kreuz is von überall herkommen. Der is so ein Spekulierer und Träumer gwesn, und dann is allerweil die Frau aus Prachatitz kommen zu uns, a so a fesche schon, so lange Haar hat's ghabt, an geflochtenen Zopf, Hedwig hat's gheißn. Naja, und im Stall so geschickt, und dann hat's die Kathi gsehn, wie's bei den Ochsen zusammengstanden sind die zwei. Und nach dem Krieg dann, wie alles gar gwesn is, hat er die geheiratet und die is dann vom katholischen Glauben ausgetreten. Lauter so Sachen. Und a Tochter hat er ghabt a so a stark a Schöne, und a Bub is no dagwesn, der hätt die Zenz gern ghabt. Und die Böhmen, des sind fanatische Liebhaber gwesn.

Wehmut, Hüte und Brokat

Zum Kleiderkauf schickte die Schwester Kathi eine Frau mit, die etwas davon verstand. In den Mänteln, die sie für uns aussuchte, so gerade heruntergeschnitten, standen wir da wie ein Steinpilz. Dann sind wir doch in die feine Abteilung und haben gekauft was wir wollten, Mäntel mit Pelzbesatz.

Nach dem Krieg, da is die Neugierde gwesn, wie's in Böhmen is, da sind wir oft neigfahrn nach Prachatitz, und einmal sind wir mit dem Bus nach Budweis gfahrn. Da habn's Hüte ghabt recht schöne, wir habn uns auch Hüte gekauft und schöne Brokate für die Dirndlkleider. In Wallern sind wir auch gwesn, und wenn wir da neigfahrn sind dann hat mich a solch eine Wehmut gepackt wenn i die Felder gsehn hab – mei, da habn die Leut gearbeitet, und alles habn sie ihnen genommen. Also a richtige Wehmut is kommen dass sie's nausghaut habn. Und die Leute denen wir begegnet sind die sind so freundlich gwesn. Süß und falsch.

Libera me Domine

Aus dem Hoftor heraus über die Dorfstraße, die Streuobstwiese, am leuchtenden Raps entlang. Ein Feld auf einem Abhang, der Bach am Wald, die Grenze zu einem steil ansteigenden Stück Wiese. In der Sommerhitze wurde sie gemäht und abgeheut. Unterhalb der Wiese hat man ihn gfunden.

Die Opernsänger hatten keine Arbeit, nach dem Krieg

sind sie herumgezogen und einer der is immer gekommen. Und da unten, am Osterbach, mei, eines Tages habn sie ihn gefunden tot und ertrunken. Jedes Jahr wenn wir die Wiesn dann gheut habn bin i nei in den Wald und an der Stelle, an der er glegn hat, hab i libera me domine gsungen. Alle Jahre im Sommer bin i da hinunter.

Der Pfarrer Aschenbrenner

Im Messgewand hat er halt so schön ausgschaut, die Frauen haben ihn alle angesponnen.

Affäre Aschenbrenner – Ende der Pfarrei. Irgendwann saß das Dorf vor dem Fernseher und hat zugschaut, wie er mit »Fliege« über seinen Fall diskutiert hat.

Heut is er wieder mit dem Kinderwagen durch das Dorf, so blass is dringlegn des kleine Geschöpf – ob des was wird. I tu net urteilen.

Das Dorf

Nach dem Krieg haben die Bauern ihre Grundstücke verkauft, und die von den Nachbardörfern haben hergebaut. So sind viele Fremde hergekommen, von den Dörfern rundherum. Die Kinder von den Zugezogenen, die kennen wir nicht stark, auch nicht wen sie heiraten. Die kennt man nur, wenn sie eine Unterschrift brauchen für Wasser und Grund.

Wenn frühers eine Hochzeit gwesn is im Dorf, da sind wir maskiert gegangen. Am Dorfeingang wurde eine Zollgrenze errichtet, auf Erdäpfel is ein Stempel kommen, der Erdäpfelstempel. Die aus dem Dorf hinausgeheiratet haben mussten etwas bezahlen und haben dafür einen Stempel gekriegt. Dann erst is die Freilassung kommen. Die ins Dorf hineingeheiratet haben, haben einen Stempel braucht, damit sie's neilassen haben. Musikkapellen haben aufgespielt, das Dorf hat getanzt.

Wenn früher etwas zu regeln gwesn is oder wenn's Bestimmungen gebn hat im Dorf, hat der Bürgermeister den Gemeindevorsteher mit dem Hogn herumgeschickt – einer gebogenen Wurzel mit einem Schriftstück. Mit dem Hogn sind Wünsche ausgesprochen wordn, was im Dorf geschehen soll. Dann is eine Versammlung einberufen wordn, auf der alles besprochen wordn is.

In den Ämtern von der Gemeinde sitzen jetzt auch viele Fremde. Vor dem Krieg sind solche, die was verbrochen haben ins Böhmische nei, da hat man sie nicht gfunden. Der Anflug von denen is dann nach dem Krieg in unsere Ämter kommen, haben einen Posten. Das hat auch die Schuld, dass nix weitergeht.

Blaue Insel

Als ich in die erste Klasse kam, machten wir aus Teig Figuren, ich machte einen Bubn mit einem Vogel auf dem Kopf, den die Lehrerin dann ausstellte. So wuchs meine Freude

am Malen und Zeichnen und ich machte oft zu den Aufsätzen Zeichnungen dazu, wo dann sehr gut draufstand. Das Malen hab ich wieder aufgenommen, da hat die Kathi noch gelebt, das ist schon über zwanzig Jahre her, da sind so Kurse in der Zeitung gwesn und da hab ich angefangen mit der Bauernmalerei, in Waldkirchen, da bin ich mit jemand mitgefahren. Ich hab alte Schränke bemalt, einmal hab ich 1600 Mark verdient, Schränke und alles hab ich gemacht, aber für mich is da nix blieben, was ich halt gebraucht hab zum Malen. Da is dann wieder eine Maschine gekauft worden. 's Dodei, die hat da schon der Schlag getroffen ghabt, wie ich angfangt hab mit den Kursen, also, wenn ich mich angezogen hab da unten, naja, hab ich halt gsagt, Dodei, jetzt geh i fort, jetzt tu ich was malen, dann hat's mit der Hand a Radl vorm Hirn zeichnet, was gheißn hat: du spinnst. Mir habn einen Porträtkurs gmacht, und da habn mir Bilder kriegt wie so Passbilder so groß und habn die nachzeichnen müssen und vergrößern. Wie ich den Porträtkurs gmacht hab, hätt er mich eh nicht mitmachen lassen, der Lehrer, weil zehn sind's schon gwesn, die a Ausstellung gmacht habn, da hab i net dazupasst. Und der hat dann gsagt, ich soll Bilder mitbringen, die ich schon gmalt hab, und da hab ich das da mitgnommen mit der blauen Insel, und da hat er sich so stark aufgregt, wie kann man denn a blaue Insel maln. Einmal is was in der Zeitung gwesn über ihn, seine Vorfahren warn alle Künstler; aber die Böhmen sind eh alle Künstler...

Das Auto und der Roller

Nach Freyung in Malkurs hat mich der Andre hingfahrn. I hab den Führerschein gmacht, aber i hab den net lang ghabt, dann is mir einer hineingfahrn ins Auto und i hab mich so greislich gfürcht. Die Zenz is gwesn wie a Wilde, und wenn's net gleich gangen is, hat's gsagt: was hat denn der Krüppel, die hat mit den Gegenständen geredet.

Den Roller den hat sich der Andre gekauft, des is des erste Fahrzeug gwesn vorm Auto, auf alle Fälle, die Zenz hat gsagt: jetzt fahren wir nach Breitenberg. Da unten bei der Ohmühle sind wir schon im Straßengraben drin gelegen, und dann sind wir nach Wollaberg den Berg nauf, jetzt hat's zum Wackeln angfangen und wir sind wieder auf der Straß gelegen und so haben wir herumgefuhrwerkt bis in die Nacht. Der Roller des is a recht a schönes Ding gwesn, a Schutzblech voran, und i hätt's probiert, in Lämmersau draußen. Is Gras nass gwesn, und wie ich unten herum ums Dorf fahr, wirft es mich und stößt mir den Daumen raus. Hab ihn schon nimmer angschaut den Roller. Die Zenz hat a Kleid anghabt auf 'm Roller, die hat ja schöne Kleider ghabt, und wenn mir mit dem Radl fortgfahrn sind, haben wir uns die weiten Kleider über'n Sitz gelegt, die sind grad so dahingwachelt.

Kirchgang

Wenn wir in die Kirche sind und haben noch kein Auto ghabt, den ganzen Weg zu Fuß, dann haben die Leute erzählt, was die Dammerlweiber wieder anghabt habn, und dann wollten sie, dass die Naderin das auch für sie nähen sollte. Und dann haben's wieder gesagt, die hätten sich halt gescheiter anziehn solln, dann hätten sie auch einen Mann kriegt. Nie übers Knie, Figur nicht hochgespielt. Die Zenzi hat einen anderen Körper ghabt und wenn die schneidig gegangen is, des hat den Männern gefallen. Mir haben überall die Schuld kriegt. Nicht anders sein, gleich mit den anderen, so wär's den Leuten recht gwesn.

Heimatgefühl

Man is recht froh gwesn wenn ma ein Heimatgefühl ghabt hat, man is geborgen gwesn bis zum Sterben, du bist aufghobn gwesn dein Lebtag. I hab mir oft denkt, wann mir mit dem Radl wohingfahrn sind, schöne Orte, und hab mir denkt, wenn i da an Freund hätt – möcht net her. Und da hat ma verzicht auf des, weil man is an daheim recht ghängt und drum hat ma net geheiratet. Mit dem Radl sind mir auf Passau gfahrn auf d'Maidult, oder sind sonstwohin kommen, auf Festlichkeiten, dann hab i mir wieder gedacht, wie mir heimkommen sind: Nirgends möcht ich sein. Wie der Bruder aus Russland gschrieben hat: »Nirgends is so schön wie in der Heimat.«

Das Wasser

Die hier neu hergebaut haben, die haben eine Satzung gmacht, dass kein Wasserrecht auffindbar is. Aber wir sind im Dorf acht Teilnehmer gwesn. Die beteiligt gwesn sind, haben alle für die Wasserleitung aufkommen müssn. Hölzerne Wasserleitungen, wenn es das Wasser abgefroren hat, dann haben wir gehen müssen, wir sind selber verantwortlich gwesn. Auf einmal sind die Neusiedler kommen und die haben jetzt eine Satzung. Da is einer kommen: da kein Wasserrecht auffindbar ist sind die Teilnehmer verpflichtet, ihre Wasserrechte – obwohl sie gewusst haben dass es Rechte sind – abzugeben. Da sind mir die Haare in die Höh gstandn, und dann is eine Versammlung gwesn, und da mischen es einem die Leut auch noch recht, einer hat über unsern Urgroßvater grichtet, und da hab i mir gedacht, da musst jetzt was unternehmen. Der Andre der hat auch noch gelebt und da sind wir in die Freyung hinauf und haben nachgefragt obn. Bei uns is nichts da, haben die gesagt, und da sind wir wieder heim. Mir haben's aber gewusst, dass was gibt, in der Gemeinde Waldkirchen haben sie uns auch falln glassn, auf alle Fälle sind wir nach Landshut ins Archiv. Zuerst hätten wir hingeschrieben, aber sie haben uns keinen Kommentar gebn, dann sind wir hinaufgefahrn. Und die sind so freundlich gwesn, die haben gleich das Buch aufgschlagn, die Plannummer musst halt wissen und alles, schön steht da alles, acht Teilnehmer sind da, die haben das Wasserrecht, und das is von 1848, is alles schön aufgschrieben gwesn. Die Frau dort hat uns aufmerksam gemacht, da is a Rentner, der tät alles schön herausschreibn. Zuerst haben wir es so mitgenommen, dann haben mir eine Versammlung gemacht. Jetzt hab ich denen das gesagt. Auf alle Fälle, einer hat mir's recht gemischt über unsern Urgroßvater, das is ja des Dammerlhaus gwesn, auf alle Fälle hat er mir's recht gemischt, weil unser Urgroßvater das Haus oben verkauft hat und ihm dieses gekauft hat und hat ihm einen Grund mit heruntergenommen, drum haben mir 100 Tagwerk Grund.

Die feinen Damen

Die hat der Vater von Kanau rüber, die sind gebunden, und zwar is des a Zeitschrift von 1905, eine »Sonntagszeitung für's Deutsche Haus«. Und is gebunden zu einem Buch und sind wunderbare Romane drin und Gemälde von alten Künstlern und die habn mich schon in der Schulzeit fasziniert und die hab ich mir halt so oft angschaut, dass schon fransig wordn sind. »Maibowle, oh trink einmal«, so hat des Gmälde gheißn, und zwar is des in der Dresdner Galerie. Und die Frauen, die sind noch geschmackvoll gekleidet gwesn. Mir habn uns des nicht fünfzig Mal, hundertmal habn mir uns das angschaut. 'd Zenz und i mir sind bestimmt gwesn uns gleich zu kleiden. Der Vater hat uns manchmal Kleider kauft für d'Schul und Schürzen, und da habn's ihm im Gschäft schon immer zwei gleiche gebn. Und a jede hat a die Haarschöpf obn ghabt. Und so hab ich in der Schule die feinen Damen gezeichnet, weil die habn mir so stark gefalln. Mein Vater hat auch in dem Buch geblättert, der hat recht gern Roman gelesn, »Die Geheimnisse einer Weltstadt«, des is ein unbandiger Roman gwesn, und den habn mir ein paarmal gelesn. Dann is in den Zeitungen so a Abschnitt vorn gwesn, einer hat gheißn »Ein Vöglein flog von Süden her«, und des hab i zeichnet, im Schulgehn schon. »Bestattung eines Germanen«, schau her, also interessant is des gwesn, nicht zum Sagn. Schau einmal die Badeanzüge an, wie sie's früher gehabt habn. Ich hab keinen Badeanzug ghabt, mir habn eh net schwimmen können. »Schwimmendes Land« is a so wunderbar gwesn, ein Roman. Von den Frauen hat mich die Mode interessiert. Schöne Bilder, die Berliner Kunstausstellung, die ganzen Frauen vom Hof haben darin geblättert. Von Indianern steht was drin, interessant. Und da is die Kaiserin Auguste Viktoria, auch in der Berliner Ausstellung. Von der ganzen Welt sind die Fotos von den Herrschern, des war unser Fernseher. Von Russland, von überall sind die Fotos da. »Das Glück von Kleinselkov«, a wieder so a Gschicht, und dann der Rembrandt. Lochstickerein sind auch drin, und da habn mir Kopfkissen gestickt, des Muster is abpaust wordn, und dann habn mir nachgstickt. Des sind wunderbare Sachen. Kreuzabnahme Christi, s'Morgenlied, des is a so was gschickts.

Alt und Neu

Knechte, Bauernsöhne, Mägde haben in der Nacht beieinandergesessen, haben auf der Ziehharmonika gespielt. Die Ziehharmonika is eine Heilung gwesn für die Seele. Wenn der Flachs gerüffelt worden is, haben sie Lieder gesungen, ohne Noten, und alles hat gestimmt, jeder hat singen können. Nach dem Krieg waren die Lieder plötzlich zu kitschig und man hörte sie in den Dörfern nicht mehr. Nach dem Krieg is die Exaktheit gekommen, da hat's gheißn, mei, so a Schmarrn, das singt man in der F-Dur oder D-Dur, und das hat den jungen Leuten die Freude am Singen genommen. Heute möchten sie die alten Lieder wieder, nehmen ihnen den Geschmack, indem sie alles so ausforschen in den Archiven. Die Freiheit von der Singerei und von der Lustbarkeit wird genommen und keiner traut sich singen.

Schwarze Haare, ganz lang

Wir habn unsere Haare erhalten von Anfang an. Und da sind's, i will net sagn dreimal so dick gwesn, zweifach allerweil. Und schön lang. Und nach dem Krieg habn sich die Mädchen, die Schulkameradinnen die Haare abschneidn lassn, und des hand oft so schöne Mädchen gwesn, die habn sich mit Zöpfen Kronen gmacht und Gretlfrisuren, auf einmal hat das nicht mehr gepasst und habn sich die Haar abschneidn lassn, und die Schönheit kommt nie mehr. Und unsere Schwester Kathi, des is halt auch a Schönheit gwesn, wie's Schneewittchen, schwarze Haare, ganz lang, und weiß und rot, wie's Schneewittchen beschriebn wordn is. Und dann hat's gsagt, wann mir uns die Haar abschneidn lassn, des erlaubt sie net. Des wär ein kleiner Weltuntergang gwen. Die Mutter hätt uns das angehn lassn, und 's Dodei a, die hätt nix gmeint, aber der Kathi hat des net passt. Und da danken wir ihr heute noch, dass sie des getan hat. Einmal bin ich beim Friseur gwen, und da hab ich mir gedacht mei letzte Stund schlagt, wias da mein Kopf derfedert habn, und dann hab i in den Spiegel neigschaut und dann bin i gwesn wie ein Einhorn. A große Welle hab ich da ghabt, o Schreck lass nach, und bin heim und hab mir's ausgekämmt, und nie mehr zum Friseur. Nie mehr. Zuerst hat's angfangt, die Frisösin: ja, was soll i denn mit diesn Haaren tun, hat mirs gepackt, dass der Kopf hin und her is, dann hat sie's ausgekämmt, was i da mitgmacht hab, ein paar Tag hat mir der Kopf wehgetan.

Fertig is die Frisur

Die Haare, die mach ich auf und mach einen Scheitel, kämm sie durch und dann leg i an Knoten, der is von unsere Haar – wenn mir die Haar auskämmt habn, habn mir uns draus an Knoten gmacht – und den steck ich an in Kopf, und dann schlag ich meine Haar über, und mit einem Kamm mach ich mir's dann fest und steck die Haarnadeln nei und tu alles a weng verteilen, dass ma den Knoten net sieht hinten, und mach mir noch a weng was zrecht und fertig is die Frisur. Am Abend tu ich sie mir runter, weil da liegt ma nicht recht guat, und mach mir einen Zopf, wie ich's einmal glesn hab von der Zarenfamilie, die habn sich entfrisiert aufd Nacht. Und dann habn sie's umbracht.

Gesundheit – eine verrückte Sache

Ich geh immer im Sommer in Grand. Das hab ich vom Pfarrer Kneipp. Einen Haufen Bücher, gsunde Bücher, mei, i spinn ja komplett, sagt die Maria. Von der Hildegard von Bingen, des hat mi aufeinmal gepackt, des hab i wo glesn und um a solches Buch bin i auf Waldkirchen gfahrn und hab mir eins gekauft. I spinn ja komplett mit dera Gsundheit. Aber bei den fünf Tibetern, da hat es mich dann schon geschlaucht, die Maria schimpft mi allerwei, ich tu das eh alleine und in den Grand hinein, da sinds fei dann die ersten zwei Tag, da beutelts mi scho recht ab, und dann geh i so ins Bett, da tu ich mich nicht abtrocknen, das is eine feine Sache. Aber du musst im Unterleib gsund sein, die Maria kann das nicht, weil mit ihrer Nierenoperation, das gang net. Schon Jahre tu ich das. Seit die Schilddrüse geheilt is, bin i ganz beinander, aber die hat mich gefuchst, da bin ich mager gewordn, da hast du Tag und Nacht rasend Herzklopfen, hast Stechen, rasend, rasend. I hab dann scho alle Kräuter probiert, aber es hat mir keins gholfen. Bis dann der Doktor gsagt hat, probieren wir einmal das. Und ich bin der gesündeste Mensch. Aber ich habe Jahre nicht eingenommen. Das Einnehmen hab ich gehasst. Ich hab Schwedenkräuter eingenommen und das darf man nicht, wenn man mit der Schilddrüse was hat, drum is des so rasend gangen. Die Schwedenkräuter sind scho gsund, aber wenn du gsund bist. Eine verrückte Sache.

Der Tod

Wenn jemand gestorben is vom Hof, is in der Stube ein
Rosenkranz gebetet worden. Der Tote is aufgebahrt worden, ein Bett aufgestellt, ein Tuch herumgekommen und
Blumen, damit man das Bett nicht sieht. Seit es die Kapelle
gibt im Dorf, ist dort gebetet worden. Ich möchte nicht ewig
dableiben in der Welt, da bin ich wie der hl. Franziskus:
du Bruder Tod. Die Toten haben ihre Ruhe und niemand
kann mehr an sie heran. Wenn jemand früher Schmerzen
hatte hat er sich nicht helfen können, aber heute schlafen sie
ein bisschen so ruhig dahin. Das Sterben soll man annehm-
men. Jeder stellt sich das Sterben vor: wenn ich nicht mehr
schnaufen kann, wie wird das sein. Meine Mutter die is so
schön gwesn beim Sterben, wie wenn sie schon allerhand
erlebt hätte im Jenseits. Da haben wir einmal Kraut gehaut,
es is ein recht heißer Tag gwesn und die Zenzi hat einen
Hitzschlag kriegt und hat unter den Stauden gelegn. Da
hat sie die Mutter gsehn im Licht mit offenen Händen, das
hat sie oft erzählt. Die Toten gehen durch eine Finsternis
und nach dem Tunnel ist das Licht.

Zenzis Tod

Wenn sie länger nicht von den Hühnern kam oder vom
Holzaufschichten, ist ihr die Maria immer nach. Und ges-
tern war die Zenzi dann vor dem Hoftor gelegen und hat

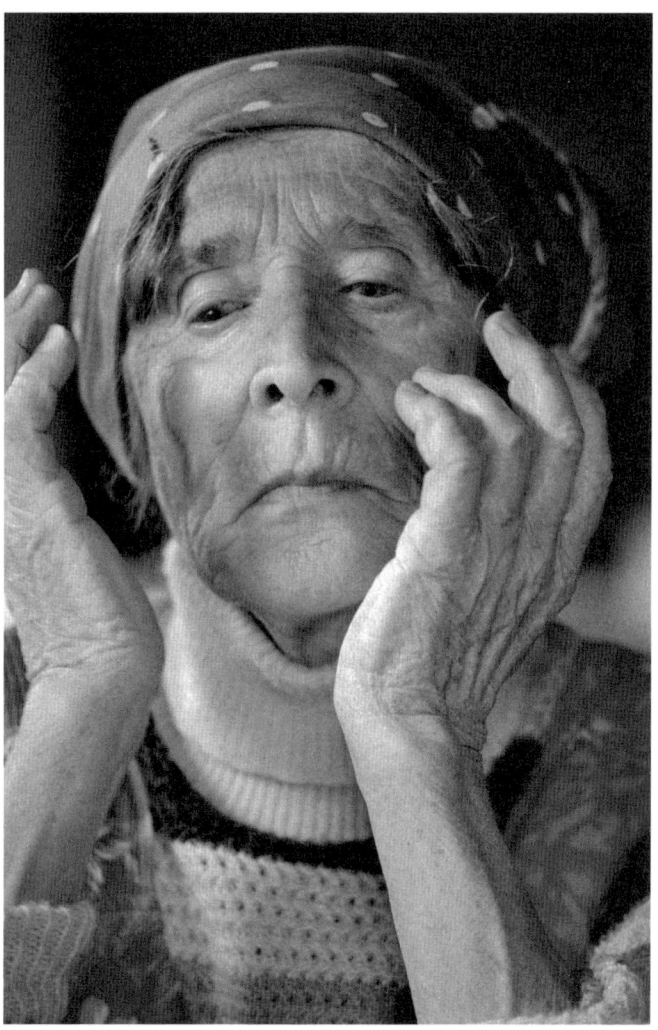

sich nicht mehr gerührt. Die Nachbarn haben sie dann auf die Seite gelegt und mit einer Decke zugedeckt, bis der Krankenwagen kam.

Die Zenzi liegt im Koma, und es sieht nicht gut aus. Maria besucht Zenzi im Krankenhaus. Den Knoten ins Haarnetz gefasst, russischer Wolf als Pelzbesatz um die Kapuze des Mantels. Eine Tasche, Winterstiefel, ein kleiner brauner Plastikkoffer mit Waschlappen, Handtüchern. Wie sie die Zenzi so daliegen sieht. »Geh Zenzi, mach halt die Augen auf, der Richard sitzt im Brotkorb auf dem Küchentisch – kriegt einen Holzteller – schleckt halt so gern Butter. Gell Zenzi, soll der Richard halt die Füß zamtun zum Beten, dass d' wieder gsund wirst.« Die Zenzi lächelt für einen Moment, öffnet und schließt die linke Hand:

Der Richard ist Zenzis Lieblingskatze.

Maria sagt, es seien viele Leute bei der Beerdigung gewesen. Die Ansprache vom Pfarrer war kurz.

Nach Zenzis Tod ist Maria allein auf dem Hof. Alle Menschen kommen nach wie vor zu Besuch, bringen ihr Nüsse mit, Marmelade, Fleisch. Maria sagt, sie braucht nichts und geht damit zur Gefriertruhe. Dann setzt sie sich mit ihnen auf die Bank in der Stube, sie reden miteinander und erzählen, was es so an Neuem gibt. Wenn Maria auf den Friedhof geht, kann sie der Zenzi immer etwas mitbringen: G'schichten von den Lebenden.

Jetzt hat Maria einen neuen Fernseher, mit Satellitenschüssel. Die Welt da draußen interessiert sie schon noch.

Seligkeit

Furchtbar viel habn mir mitmachen müssen und viel müssen wir schaun, dass wir es zur Seligkeit bringen. Weil das ist das Wichtigste. Viel verzeihn, auch wenn sie uns auf die Erdn hinwerfen und noch so greußlich sind. Aber das ist auch schön, dass wir so eine Vergangenheit habn, wie gesagt, die Mesnerin hat uns auch recht gern ghabt, is auch ein bisserl so eine Urige gwesn, is bei den Bauern umeinandergangen, hat sich auch recht gschundn, und die hat uns das Grab gerichtet, und jetzt is sie bei uns, dort am Friedhof, naja, die Füß wird's habn a weng beim Anderl sein Kopf. Das ist ein schöner Platz, dass dich freust wennst hinkommst. Wir haben den schönsten Grabstein. In Hintereben auf dem Friedhof.

Sterben

Das Sterben ist vorgeplant. Wenn i alles so betracht – da kann man nichts machen. Wenn dich der Herr beim Namen ruft, musst gehn. So is des. Der Tod is ein Muss. Des nutzt nix. Wenn du einen tiefen Glauben hast, kommst drüber weg. Andernfalls wirst net fertig. Und wie es heißt beim Johannesevangelium, die Toten werden wiederkommen. Da hab i einer gsagt, die sich verbrennen lassen will, ja, da kriegst aber Schwierigkeiten mit der Auferstehung. Auf alle Fälle, irgendwas muss sein. Da kommt ma net dran rum.

Der den Hof erben möchte

An Sonntagen luden Maria und Zenzi oftmals jemanden vom Dorf zum Kaffee ein. Zu Weihnachten haben sie ihm auch immer eine Karte geschrieben, frohe Weihnachten wünscht dir dein Dammerlhof. Nach Zenzis Tod ist er zum Lehrer gegangen und hat sie ihm gezeigt: »Dein Dammerlhof – da steht's.«

Zum Kaffee ist er nicht mehr gekommen. Mit Maria spricht er kaum noch.

Schlafen gehen

Maria schläft jetzt in der Kammer vom alten Hofgebäude. Im Sommer kommen ihr die Abende lang vor. Sie legt sich auf das Sofa in der Wohnstube, spricht manchmal mit sich selber. Für alle betet sie. Was sie ihr angetan haben, soll der Herrgott verzeihn. Was sie dem Herrn angetan haben, da soll er selber schaun. Erst wenn es dunkel ist, geht Maria zu Bett, sonst sagen die Leute vom Dorf: mei, jetzt hat sie die Vorhäng schon wieder zu.

Schöne Aussichten

Das Wasserrohr vom Hofgrand ist mit Reisig umwickelt.
Auf dem Dach vom Backofen der erste Frost. Die alten
Bäume auf Marias Boden bei der Dorfkapelle musste sie
abhauen lassen. Sie hätten zu viel Schatten auf die Häuser
geworfen, sagen die Leute.

Jetzt ist der Dammerlhof von überall her zu sehen.

Maria, Zenzi und ich

Maibowle, oh trink einmal, ein Bild in der Dresdner Gemäldegalerie, Maria gefällt es so gut. In die Gemäldegalerie
wollten wir einmal miteinander fahren, mit ihrem kleinen
Auto. Sie steht vor dem Kleiderschrank, da würde sie dann
das Gewand mit den blauen Blumen anziehen, oder das mit
den großen Tupfen. Die Zenz müsst daheim bleiben, wegen
der Hühner. Vielleicht aber braucht ma von der Welt nicht
so viel sehn wie man meint, sagt Maria.

Nachworte

Es sind wunderbare Tage. Der Andre hat Mist gefahren. Heute war ein schwerer Tag. Eine Kuh ging, 1600 Mark, ein Kalb brach sich den Fuß, 750 Mark. Es hat geschneit. Ich war in der Chorprobe. Es hat unheimlich geschneit, aber sonst ist ein ruhiger Tag. Die Frau vom Rundfunk war da. Wir sollen zwölf Lieder singen. Heute können wir wieder aufjuchzen, wir brauchen nicht zum Rundfunk. Es liegt noch immer sehr viel Schnee auf den Feldern. Heute ist ein Stier gegangen. Wir waren bei der Reistl Maria bei der Beerdigung.

Zum Schluss

Wenn Maria das Leben aufs Jahr noch haben sollt, dann würd sie so gern noch die Auferstehung maln.

Echo

Erdäpfel, Schterz, Haferl, Brotscherzl, Lurchihefte, Maiandacht, Spinnweben, Strumpfbänder, Watschn.

Christine Zuppinger, geboren in Freyung, Bayerischer Wald, ist Ethnologin. Sie hat mehrere Jahre auf Sizilien gelebt und dort über einen traditionsreichen Markt in Palermo sowie über die Bewohner eines Altenheims in St. Angelo di Brolo geforscht. Sie hat in den letzten zehn Jahren den Erzählungen sizilianischer Hirten zugehört. Christine Zuppinger lebt in Berlin.

1. Auflage dieser Ausgabe 2020

© Copyright für die deutsche Ausgabe:
Steidl Verlag, Göttingen 2008, 2020

Umschlaggestaltung: Paloma Tarrío Alves / Steidl Design
Buchgestaltung: Rahel Bünter / Steidl Design
Gesamtherstellung und Druck: Steidl, Göttingen

Steidl
Düstere Str. 4, 37073 Göttingen
Tel. +49 551 49 60 60 / Fax +49 551 49060649
mail@steidl.de
steidl.de

Printed in Germany by Steidl
ISBN 978-3-95829-728-9